凌翔　主编

当代

花不语

贾维秀　著

北京出版集团

北京出版社

图书在版编目（CIP）数据

花不语 / 贾维秀著. — 北京 ：北京出版社，
2023.1
（当代作家精品 / 凌翔主编. 散文卷）
ISBN 978-7-200-17622-3

Ⅰ. ①花… Ⅱ. ①贾… Ⅲ. ①散文集—中国—当代
Ⅳ. ①I267

中国版本图书馆 CIP 数据核字（2022）第 240048 号

当代作家精品·散文卷

花不语
HUA BU YU

贾维秀　著

凌　翔　主编

出　　版　北京出版集团
　　　　　　北京出版社
地　　址　北京北三环中路6号
邮　　编　100120
网　　址　www.bph.com.cn
发　　行　北京出版集团
印　　刷　三河市中晟雅豪印务有限公司
经　　销　新华书店
开　　本　710毫米×1000毫米　1/16
印　　张　13
字　　数　175千字
版　　次　2023年1月第1版
印　　次　2023年1月第1次印刷
书　　号　ISBN 978-7-200-17622-3
定　　价　59.80元

如有印装质量问题，由本社负责调换
质量监督电话　010-58572393

目 录

第五辑　江湖夜雨十年灯

第一辑　隔岸青山独自远

水滴里的佛影

走进七步沟就踏进了水世界。

向上冒的，是泉；向前流的，是溪；向下跳的，是瀑……不动声色的是什么？

湖啊。

群山中一撇一捺冲出了两条大峡谷，一条罗汉峡，一条百瀑峡。两条大峡将大部分景点囊括其中，随手一牵，顺势一搭，就环成了七步沟胸前的一挂念珠。

罗汉峡高高的山崖上，有一个天然的洞窟，面积约 200 平方米。因里面罗汉林立，人称罗汉洞。洞口附近有一眼山泉，藏在山体内。远看近观，那段山岩像一截长有瘤瘤的树木，泉水囤积此处，不像是水，倒像是树的琼浆。人来人往，都忍不住驻足观看，甚至以瓢汲水，开怀畅饮。这便是罗汉泉。

从东汉起，历朝历代，罗汉洞收留了一个个参禅的高僧、修行的隐士，红尘之外，是这叫作山泉的物质，支撑着他们信仰的体魄，让他们在困顿、寂寞、荒凉的虚无中，直抵超拔世俗的境界。大山之中类似的泉眼还有很多，玄泉、梦泉、隐士泉，每处泉眼的名字都打上了佛家道家的印记。这些泉生得奇特，有的挂在绝壁，有的藏在谷底，以永不枯竭、生生不息的向上姿势惠及大山，使得匆匆岁月中，山草绿了再绿，人们千年百年在此生活，山中炊烟也千年百年缕缕不绝。

自在潇洒的是峡中的小溪，带着随缘而去的快乐，没心没肺地蹦蹦跳跳，嬉戏在山沟里，或绕石成趣，或隐身草丛，或汇入汪洋，无论水深水浅，无论湍急平缓，一律清澈见底。溪流抚摩处，处处生长着诗意：水草曼舞长袖，蝌蚪轻甩短尾，一枚枚长着青苔的卵石上，蜗牛缓缓耕犁，引颈遥望，但见光泻林间，空山无语。

人们是喜欢溪流的，喜欢到量体裁衣地为它选择配饰。溪流的配饰是桥：涓涓细流之上搭上一石，叫独步桥；宽宽的水面之上跨一弧月亮似的桥洞，叫石拱桥；两岸间悬几条铁链在更宽的水面上空，铺上竹板，叫吊桥。

无论桥上的风景有多美，桥下的溪水总是无欲无求，无牵无挂，它们奔腾跳跃，全心赶路，从不问因果。

溪水流着、流着，就无路可走了，路断处就形成了瀑。瀑让水呈现出站立的姿势。

百瀑峡的一处绝壁上，凌空喷出如布之水，激烈，喧嚣，状如彩练，那种不管不顾的气势，充满了殉道的壮烈。瀑有多处，但多为人工渲染，水流跌过一层层台阶，整齐光洁犹如一面巨大的水帘；水流从山涧跌落，似白发骤然垂地，惊心动魄。风将瀑布扯成细丝，挂在山前，如山岚缭绕，如云丝飞扬。乱云飞渡，晕染出凄美决绝，仿佛启示，顺境里永远不能成佛，只要心无挂碍，即使面临深渊，也要纵身一跃。

每一次的粉碎都是一种新生，每一次的重生都是一种涅槃，苦难是一种成长，瀑要去完成一次定数中生命的脱胎换骨。

七步沟最美的是湖。湖水澄澈晶亮，红崖、绿树、长亭、拱桥，都映入湖面。水中的景和地上的景上下衔接，层层叠叠，美若仙境。轻风拂过，白云飘过，候鸟掠过，湖水安然地守着一份无边的静，无边的深，默默地包容万物，吞咽着大悲、大苦、大喜、大忧，无泪无言，洞察万物，道通天地，直至大悟。

想那圣人贤者甘居于此，无不以静为修，从静入手，就像眼前这不动声色的湖，心静乾坤大，才能有大智大慧，才能大彻大悟。

那些修道者，是不是从这百变的水滴中悟到了什么？

想想，那翻着莲花的泉，像不像离民间最近的观世音菩萨，心怀慈悲，大悯天下，乐善好施，普度众生？

那不问前程的溪，像不像大愿大行的普贤菩萨，勇往直前，只为修行？

那义无反顾的瀑，像不像口言地狱不空，誓不成佛，我不入地狱，谁入地狱的地藏菩萨？

那包罗万象的湖，像不像大肚能容天下之事的弥勒佛菩萨？

一居士问禅师：禅是什么？禅师说：是心。居士又问：心是什么？禅师说：是禅。居士问：怎样的修行才算是禅心？禅师说：能够以慈悲心、智慧心、快乐心、自在心运行在生活中，并以此利益众生，那就是禅心了。

七步沟处江湖之远，诗意悠然。山峻，树茂，寺静，人美，都因水的滋润。这里的水清澈率真、大美无言，蕴藏着红尘中最朴实的禅意。

如果说罗汉峡和百瀑峡是七步沟胸前的一串佛珠，那么，沿途的水色波光，就是珠玑上神圣的佛光。

如果有人问我：禅是什么？

我会说：请去七步沟看水吧。

古意穿过沧桑

一弯古老的石桥，一环灵动的碧水，一方沧桑的城墙，竟然在粗犷的北方大平原勾勒出梦里水乡的轮廓。

桥叫弘济桥，形似扬名天下的赵州桥。一个大桥洞，双肩扛起了四个小桥洞。弘济桥多孔多窍，除了泄洪的功能，现在看上去，似乎还兼具审美的功能。想想看，假如面前只是一孔单调的老桥，即使年代再久远，除了臆想中的凭吊感叹，又有多少风光可言呢？

弘济桥则不一样，传说它与赵州桥是姊妹桥，是鲁班妹妹修的。多孔的大桥看上去环环相连，轻盈通透。沿着石阶走下桥驻足河边，但见垂柳依依，河水如镜。仰面看桥，水上一个桥；俯首视水，水面一个桥。桥身桥影自然衔接，天衣无缝，虚虚实实如梦如幻。瞥一眼那入水凌空的飞腾之势，恍惚中犹如仙女手中旋转的彩绸，便愈加印证了那传说的可信度。是啊，除了鲁班那个聪明灵秀的妹妹，又有谁能修出这样充满仙气的桥呢？

最有价值的当数桥的艺术性，34 块栏板上的浮雕惟妙惟肖、情态逼真。斑驳的桥面上，残留着许多微小生物的化石，有状如羽毛的三叶虫，玲珑晶莹的小蜗牛……岁月的风尘慢慢游走，走过了 1600 年，人踏，车碾，日照，霜侵，历史的大手一重重抚摩，世俗的时光竟将其打磨得精美剔透，妙不可言。

水是护城河的水，静静的、柔柔的，美如平原女人淡泊柔韧的性情。河边斜放的洗衣石板，仿佛还残留着曾经的嬉笑声，捣衣声。绵绵堤岸上，绿树临风，河水中芦苇青青，鱼虾戏水，不知名的水鸟长鸣着点水高飞，于长天秋水之中抒着情往返起伏、大开大合。于是，天变得无边，水变得无垠。水天之间，绿影之中，不断闪现出活色生香的红男绿女，行舟水上，或呼喊高歌，或劈波击水，肆意晾晒着北方人知足常乐的舒心日子。

若有兴致，可约三五好友，租一只茶船，在天将晚时茗茶清谈，披一船朦胧月色，隔着回环雅致的花格窗、轻轻摇晃的红灯笼慢慢离岸，感受市声、歌声、楼影、树影的悄悄遁去，渐入风声、水声、桨影、潮影的旷达之中。然后像个脱俗的名士，悠悠然远眺城墙上华灯初上的角楼和灯光修饰的城墙，在黑暗中缓缓隐去真容，只留下光线的轮廓，幻化成空中楼阁和一条长长的曲齿形的金色项链。再近看水色苍茫中苇荡起伏，深不可测，水和天在一团巨大的迷蒙中无语凝望，便顿觉来路遥遥，去路长长，前方更加神秘无限。心中会生出另一番景致。

墙是古城墙，距今已有 2600 年，高 12 米，宽 8 米，总周长有九里十三步之说。由于其特殊的军事地理位置，从春秋战国开始，每逢乱世，便有占山为王者开始觊觎城内这块宝地。历史上曾几次被定为小国的都城。

从东城门进入，首先是个瓮城，被一圈高耸的城墙环绕。置身其中，如井底之蛙，真有入瓮之感。走进内城门，顺着城墙拾级而上，但见城墙内侧青砖剥落，背景苍凉，其状犹如镂空的砖雕画，处处是风雨的痕迹。气势雄伟的角楼飞檐翘角，看上去峭拔逍遥。城墙上青砖铺路，走上去如踏上前景开阔的通衢大道，随着墙体凹凸的走势，护栏、垛口、水道一应俱全，机关重重，让人不得不感叹古人的智慧、计谋、韬略。然而，古往今来，谁能算得清有多少无辜的生命倒在这城墙下？作为寻常百姓，今天能登上城墙观光，是因为身处太平盛世。安居乐业对芸芸众生来说是多大的幸事啊！

站在古城墙上我想起了毛阿敏苍凉的歌声："暗淡了刀光剑影，远去了鼓角铮鸣……"目无遮拦地眺望西天澄澈的天空，天空中多彩的晚霞，晚霞中红彤彤的落日，感慨着云烟散尽，人去万事空……

城内，灰瓦白墙，市声嘈杂；城外，车水马龙，人流如织。

大洼那地儿

南大洼如同在恍惚懵懂中走丢的一个江南孩子，用满心的潮湿寻找着遥不可及的来路，就被谁忽地掖进了大平原苍凉粗犷的盐碱地中。远处，海风腥咸地吹彻，盐田赤裸地铺张，渐渐地，那些林林总总独属北方的野性气息与它相触、相融，直至渗入骨髓，便形成了它饱含沧桑的北派模样。于是，整个大平原，整个冀东腹地就多出了一处胜似江南的湿地风光。

野渡无人，兰舟轻系。一个夏季的清晨，穿着鲜亮的作家、诗人给空旷的南大洼增加了喧闹，笑声响起来，歌声唱起来，游船荡起来，南大洼被一群四六不着调的文人给晃悠醒了。

夏季的河风灌满了船舱，酣畅淋漓的快感使人很难安静地坐下来观景，好在当下的手机几乎都有了摄影的功能，人们船首船尾地穿梭，只要角度合适，举起来轻轻一点，一段风物转瞬即成永恒。就是嘛，芦苇荡，花格窗，再配上悠然的流水，动人的笑靥，美着呢！还有那些美女，自知美可入画，便悄然斜倚船头，那景，那境，让人瞬时便跌入《诗经》

的河流里，方识得"蒹葭苍苍，白露为霜，所谓伊人，在水一方"可不是谁的凭空臆想。都说艺术就是人的精神食粮，怪不得呢，这摄影是好东西，诗歌也是个好东西啊，听听这几句看似简单直白的上古歌谣，不但朗朗上口，还很实用，隔了上千年风尘，愣是没显旧，依然应了眼前这景，暂不提皇皇经典何以流传千古，单凭这河中一景，也合该让它成为绝唱。

河流像北方人的性子，弯不出九曲回肠，偶尔有飞鸟点水，算是几朵俏皮的浪花吧。

岸是河水的放牧者，中规中矩地规定着河流的走向，河水也配合着岸，依照岸的指引前行，一日复一日，看上去琴瑟和谐，风平浪静。可谁也说不出它究竟在哪一天悄悄侵蚀了岸，就在水面的平行处，岸的立面上竟然出现了一条深深的横沟，伴随着流水前行。站在岸边的芦苇仿佛腾空于悬崖峭壁的跳台，根系裸露岌岌可危，可就是不往下跳。惊心动魄之中，又让人感受到一种来自暗处的看不见的力量，这力量比惊心动魄的场面本身更令人惊心动魄。眼前突然跳出一个词：鬼斧神工！自然，这鬼，这神，与流水的细节有关，与芦苇的传奇有关，与岁月的履历有关，但谁能听得懂它们的絮语与梵唱？一棵芦苇的凌空高蹈，得力于邻近的芦苇，邻近芦苇一起凌空高蹈，得力于次邻近的芦苇，遍地的芦苇之间是一种什么样的秩序？芦苇与土地，土地与河流，河流与空气……万物间循环往复，相生相克，你以为看到了真相，可真相总在真相的下一站，这世界包罗万象，人的发现永远就是一场漫无尽头的接力啊。

弃舟登岸，但见碧野茫茫，一望无际的浓绿映照了天空，云朵，飞鸟，草虫，还有我。一时，我竟有些受宠若惊，便和同行的女伴失态地挥舞起长长的丝巾，跳着高声大喊。这举动，完全有悖于我一向拘谨矜持的性格，再说，也完全不符合我已过半百的年龄啊，是什么触动了我，还是我触动了什么？是忆起小时候家乡那一眼望不到头的玉米地了吗？它和眼前的芦苇有着同样的新绿，那些叶片的旗帜上曾经沾满我童年五彩的梦幻和无限的快乐。但是，它们已经被支离、被污染了，那片被商业化、工业化快车碾过的地方，已经让我失去了打捞往事的兴趣。是万秆芦苇重新激活了我久已凝滞的感动吗？红尘沉浮，犬马声色，看惯了太多的狂躁、虚伪、贪婪、欺诈，追名逐利、欺世盗名、恃强凌弱，一颗心早已从热血沸腾的沸点沉沦到心灰意冷的冰点，它已流浪太久、疲惫太久了。而今，眼见得眼前之苇修直如竹，却静守贫瘠，无论风吹雨打，霜欺雪侵，任凭世事变幻、地壳震动、河流改道，始终以纤弱的空灵之躯坦然面向苍天苍生。它生不轻狂，死不寂灭，轮回千年，拥大美而无言。我是在这里无意间邂逅了我的精神原乡吗？

高出洼地的栈道曲折蛇行，把众人引向苇地深处。栈道岔口处，偶尔会点缀一个带檐的亭子。开阔的苇地，蜿蜒的栈道，古朴的凉亭，组合在一起错落有致，有着说不出的雅致格调，使大洼少了原有的空洞和狂野。尤其是那亭子，敦敦实实，亭檐如盖，站在大洼上，犹如垂钓的老者，这老者可不是普通的蓑笠翁，他分明就是入定参禅的老僧，不钓鱼，不钓虾，钓什么呢？钓云，钓风，钓日月，还钓心情，再钓洼里洼外不同的禅意。这意境，适合配一段背景音乐。配什么呢？古琴曲，还是古筝曲？《渔舟唱晚》，还是《高山流水》？随性吧。要不，来段《出水莲》吧。

观鸟亭坐落在大洼中心的最高点上。那是一个土夯台。拾级而上，渐觉凉风习习，登台远眺，但见，白雾朦胧之中，风起潮动，天际的绿色奔涌而来，数十万芦苇连天接地浩浩荡荡，波撼观鸟亭。好气象！好气派！只是，没有鸟影。鸟的遁迹让人多少生出些观赏的遗憾，观鸟亭嘛！但是，不动制动，按兵不动的鸟们更让人感受到十面埋伏的神秘魅力。

回返时，大家竟然看到了两只悠然水中的黑天鹅，远远观望，大如鸵鸟。其时，光影、苇影、水影烘托出一派如诗如画的美丽和浪漫，两只鸟一会儿并列前行，一会儿交颈相嬉，像电影中的慢镜头一样，变换着不同的几何图形，以一种气定神闲的神韵，向人们诉说着野地世界的安详、和谐、怡然，为我们大洼之行留下了注脚。这两个天地的精灵，它们是大洼派遣的礼仪使者吗？它们出色的表演是在提醒人们什么吗？环顾四周，整个大洼一片寂静。

都在众佛微笑中

　　我去过临漳邺城多次了。每次去，总想在残存的铜雀台上，对着黄沙之野，发现六朝古都的繁华富丽，发现繁华富丽背后的生命意义，但每一次去，总是怅然而归。

　　历史是寻不回来的，我知道，但我却固执地想寻找回来，好像邺城与中国其他的古城不一样，它的生命一直在延续着。走在临漳县城，那些颇具古味的地名，常常给我这样的启示，比如建安路、邺令大街、金凤大街、邺都大街、东门街、西门街、王禅路、兴凯路、玄武路、北门路等，虽然这些街道建设得如此现代化，人们的着装与生活全是21世纪的，可我想，这不单单是临漳方志界人士与地名机构的空想，邺城的生命，一定在某个地方鲜活地存在着，激发着他们的想象。

　　那么，延续了400多年的邺城，在1000多年后黄沙满地的农耕之野的何处存续着它的生命呢？

　　2012年1月10日，在冬日的寒风中，农民们都忙着采购年货，空气中飘着过年的喜庆气息，一个名叫朱岩石的博士，却带着一批年轻的考古专家，把过年的喜庆放到了田野，因为田野在冬天没有庄稼遮盖，正是田野调查的好机会——这个机会对于他们来说，就像农民过年一样。他们走到古邺城遗址东侧 3000 米处，北吴庄北漳河滩沙地内，停下了脚步，看到这里有一些不同寻常的迹象，沙土里散乱地扔着一些汉白玉碎石。他们把肩上的洛阳铲放下，站在这里，向下打铲，于是，一个惊人的发现惊醒了千年前的古邺城，这里有一个佛教造像埋葬坑！

于是，2012 年的春节，就成了这批考古队员最辛苦也最幸福的春节。中国社科院考古研究所与河北省文物研究所联合组成的邺城考古队，在这片沙土上进行了 RTK 高精度定位测量，在去除上部 5 米左右厚的流沙层时，所有的人都傻眼了，出现在考古人员面前的，是一个边长约 3.3 米、深 1.5 米左右的不规则方形土坑。从中发掘出土编号佛造像 2895 件，造像碎片 78 个自封袋，达数千件。根据发掘过程中的粗略统计，有题记的超过百件，绝大多数是汉白玉造像，少数为青石造像。根据造像特征、题记等初步确认，年代跨越北魏、东魏、北齐和唐代，各时期纪年明确，时代前后衔接，为研究北朝晚期至隋唐时期邺城地区佛教造像的类型和题材提供了可靠的标本。

但吸引我眼球的，并不是这批佛造像的研究价值，而是这批佛造像的华丽与壮观。佛造像工艺精湛，造型精美，色彩艳丽。佛像多为背屏式，另有部分单体圆雕的佛像和菩萨像。很多造像保存有较好的彩绘和贴金痕迹。更吸引我眼球的，是佛像的表情，他们不约而同地都是双目微闭，眼帘下垂，双唇轻合，面露微笑。

我一下子找到了邺城生命延续的存在，就在佛的微笑中！

邺城佛，恕我这样称呼这批佛像，因为他们是邺城存在的证明，他们身后的华丽背屏，身上披着的金色衣装，都是 1000 多年前邺人制作的，他们的眼睛里，还映现着邺人的身影，他们的微笑里，依旧表达着对邺城的态度。

那些为佛披上金装，为佛设计华丽背屏的人，已经在佛身上显示了出来。正是他们，开创了中国第一个依据城市规划、有步骤建设都城的先河，开创了城市建筑中的"中轴对称，分区明显，棋盘式格局"的先河。是他们将邺城分成了内城和外城两部分。外城是手工业、商业和平民居住区，内城有听政殿、文昌殿等宫殿，有三座园林化的高大楼台建筑：铜雀台、冰井台、金凤台。我似乎能看见他们营建的横跨漳河的紫陌桥，桥上有达官贵人的宝马香车，有外国使节的驼队，有金发碧眼的罗马人，有深目高鼻的西域人。朝代更替，一代群雄因奢华离去，接着又是一代群雄登场，继续着那种奢华。400余年的邺城，见证了多少奢华，多少淫靡，那金装就是明证，那华丽的背屏就是凝聚。

但佛对金装并没有在意，对背屏的繁杂雕饰并不领情，佛眼帘低垂，连看也不看一眼，佛只是微笑，不是当代常见的大肚弥勒佛的开怀大笑，是似笑非笑的微笑，是意味深长的微笑，是诡异神秘的微笑。

说实在的，我希望这笑是为"建安七子"开创的建安文学微笑，为西门豹投巫治邺微笑，为文姬归汉、曹冲称象微笑。

可我分明看到，佛的微笑却带着对"中国红"的嘲笑，缔造邺城为都者——曹操，率大军围困邺城，在邺城周围凿堑壕40里，宽深各达两丈，引漳水灌满堑壕，"绝内外以久困之"，至7月，"城中饿死过半"，"易子相食"。

我还看到，佛的微笑带着对华夏族群之间残杀的苦笑，汉人冉闵灭后赵后，下令邺都城门大开，凡"六夷"（匈奴、鲜卑、羯、氐、羌、巴氏）"与官同心者住，不同心者任所之"。一夜之间，方圆几百里的汉人，扶老携幼，全往邺城里面拥，而一直以邺城为住所的六夷倾巢出走。冉闵以"非我族类，其心必异"，颁下中国历史上著名的《杀胡令》："凡内外六夷胡人，敢持兵仗者斩，汉人斩一胡人首级送凤阳门者，文官进位三等，武职悉拜东门。"一时间，邺城内汉人纷纷拿起武器追杀胡族，冉闵亲自带兵击杀邺城周围的胡人，3 日内斩首 20 余万，尸横遍野。

佛的微笑虽如漳河水一般平静，可漳河水浸染了多少邺人的鲜血，佛都不会忘记，特别是北齐高洋灭东魏后，杀东魏贵族尸填漳河，致漳水不流，邺人多年不敢饮用漳水。

佛立于皇家寺院，一代代皇族贵胄跪在佛面前，不是祈祷权力永固，就是盼望置敌于死地。佛总是笑而不答。佛的默然，让血气方刚者更加胆大妄为，极尽奢侈之能事，一而再再而三地重修三台，通宵达旦狂欢豪饮。佛的默然也让许多文人才子登高赋诗，一抒胸臆。

581 年，当邺城被大火烧成灰烬的时候，佛依旧微笑着，神秘而诡异。

佛对人类的微笑，终于在唐代的某一天，让一个叫武宗的皇帝恼怒了，于是，佛被置于黄沙之下，一躺就是 1000 多年，但佛笑意仍在。

21 世纪的邺城之佛，笑意依旧，依然神秘而不可测。

或许在笑今日之临漳？邺城消失在黄沙之下了，而在这片土地上，出现了一座集行政、商贸、文体、居住于一体的 4 平方公里新城，占地面积 820 余亩的由八景园、三曹园、七子园、三台园、六朝园 5 个园区组成的邺城公园：这里没有漳水的血腥，而是 380 多亩平静的湖区；这里没有刀枪杀戮，有的是 430 余亩的绿化带；这里没有三台歌舞，而是行政服务中心、文化艺术中心、体育中心、新县医院、第三中学、德天金水湾住宅小区、天轩湖畔住宅小区、公安局技侦大楼、法院审判大楼、四星级宾馆等十大标志性建筑。

或许在笑今日邺人之生活？这里没有了改朝换代的赶尽杀绝，而是"改善人民生活，增进群众福祉"的执政理念，居民生产生活的行路、吃水、用电、就医、上学、社保、就业、住房等得到保障，社会保障体系日臻完善。

可佛的微笑依旧神秘而诡异，面对那种不可说破的秘而不宣，我不敢做更多的猜想，庆幸的是临漳已建起了佛像博物馆，倘若读者有兴趣，还是走进博物馆看看佛的微笑，猜一猜那微笑里的玄机吧！

福宝

有座古镇，她繁华之时，与许多依河而建的古镇一样，一点都不起眼。后来，时光将许多古镇或毁灭或改造后，她孤独地待在深山之中，与时光厮守。再后来，当中国残存不多的古镇成为旅游热点，继而被商业化后，她依旧寂然无声，与山水为伴，像一个沧桑老人，用灰瓦、飞檐、白格子墙，迎接那些有缘人；又像含羞的少女，用岚烟、薄雾、回龙石桥，伫望着与她相约而来的有情人。

这个古镇有一个土气的名字，叫福宝。

作为有缘人，我在地图上偶然发现了她。

作为有情人，我与她相约，千里迢迢，赶来相会。

一

古镇之古，可以追溯到元末明初。当时，这里寺庙鼎盛，香火兴旺，南来北往的香客居士便驻足在此，许愿，还愿，焚香，膜拜，岁岁年年，他们犹如被季风刮来的种子，被脚下的水土焐热，扎下根来，根须越伸越多，生命的蓬勃气象也就渐趋丰茂。当时，蜀人采盐的历史已经开始，盐区堆积如山的盐，需要运往各地，而蜀道之艰难，不得不让人想到水道的作用。于是，漕运大兴。

自贡是四川最著名的盐产地，到了清代，由于卤井和火井的大量开发，更是发展迅猛。《自贡市盐业志》记载了其鼎沸的场景："其声有人声、牛声、车声、梆声、放漕声、流洄声……其气有人气、牛气、泡沸气、煤烟。气上冒，声四起，于是非战而群嚣贯耳，不雨而黑云遮天。"这么繁忙过度的开采，也必有其后续繁忙过度的流水线。位于川黔交界、浦江岸边的佛宝，就成了川南盐道的必经之地。来自自贡的盐经古镇的水陆码头往南，再经天堂坝一带的山路，源源不断地运到贵州。历史记载清朝后期，盐井河中的长船、驳船穿梭往返，络绎不绝，古镇渡口"盐舟云集，樯帆如织"，直到明末清初，已经"集镇数百家，可以为镇"，佛宝也就自然成为大漕河流域繁华兴盛的"小心脏"了。

于是，来自信仰、商贸、地理等颇有特色的驳杂背景，也就成就了偏远之地的一段段辉煌建筑史。

明末清初，佛宝镇遭遇大火，火后重建之时，正街上曾挖出一块七尺大的鹅卵石。大家都觉得这是冥冥之中佛赐的一块宝贝，便将镇子改名佛宝新场，新中国成立后改名为福宝场。

古今之远，弹指之间。如今，威仪犹存的旧宫庙，比肩而立的老客栈，闲置河边的古渡口，都曾是当年原汁原味的物件，斗转星移，尘世里几个轮回滚过，那些曾经喧嚣的荣光和繁华就都锈蚀在昨天的光阴里了。

二

古镇为明清建筑，一楼一底，前屋后宅，灰瓦白墙青石地面，典型的川南民居风格，现被称为"乡镇民居的活化石"，也称固守中国文化传统本质的"亚文化群活化石"。

浪花淘尽，幸存的都是天赐之福，天赐之宝。

高高的石阶挡住了墙脚，木墙青瓦的阁楼房舍，镂刻精美的栏杆窗棂，以及青色的瓦楞、殷红的房檐，都透着浓得化不开的古意……

岁岁新桃换旧符。日头依旧，祖屋依旧，常换新颜的是一茬接一茬的福宝的人。他们的日子简单而单纯：方桌、长凳、粗瓷碗，男人倚着门编制竹器，女人门外纳着鞋垫，孩子在街巷里追逐嬉戏，玩着古老的游戏。时光仿佛滞留在了古代，一派宠辱不惊的散淡生活模样。

弯弯曲曲的回龙街依着山势起伏错落，使鳞次栉比的吊脚楼千姿百态。拾级而上，顾盼两边，一间间屋宇大都人去楼空。长街空巷只留下一个个散发着烟火气息的街道名，诉说着曾经的热闹。听听，九龙巷、刘家巷、包青巷、柴布巷、鸡市巷，简直就是半拉子《清明上河图》啊，贩夫走卒的仓促、引车卖浆的嘈杂，像一道道密码，全部尘封在这坊间柴巷的犄角旮旯里。风雨几百年，至今还散发着民间的家常味儿。

古镇人灵魂里的那点事儿全都寄放在福宝镇的三宫八庙里。宫殿不大，但气魄不小：清西宫、万寿宫、天后宫名号震耳。浑然大气的名字，寄托着卑微者庄严的精神向往。我想，这么华丽高贵的名字大概是形而上的。语义一模糊，内涵就大了一些，空了一些，宏观了一些。只有那些听起来土里土气、小家碧玉的庙宇，才是他们最感亲近的：五祖庙、张爷庙、土地庙、禹王庙、火神庙、灯棚庙、王爷庙、观音庙。一个镇子多少个庙啊，先祖、姓氏、子嗣、土地、水、火、灯，一一对应，直指所向，几乎具体到了百姓生活的全部内容。人对物的认真膜拜，只有万事谦恭的众生小民才能够做到。从这一点我似乎透视到古镇为什么取"福宝"之名，却不叫人们都趋之若鹜、梦寐以求的那个"富贵"的"富宝"。是的，这里没有出过高官和巨贾，因此也没有出现过那些恨不得搜罗囊括天下之宝的官邸与豪宅。这里最好的建筑就是三宫八庙，是全体居民的公产，大概也汇集了全体居民的财富与心血。它布局合理，格局完好，设有戏楼、厢楼、天井、板壁，柜架穿隼，雕梁画栋，应有尽有，几乎占据了回龙街的近半！

如草的子民啊，怀揣怎样一份虔敬、谦卑，才可以将庸庸碌碌的烟火日子喂养得如此丰盈？尽管精美建筑已成断壁残垣，雕花金漆已经破败斑驳，牌坊匾额早就字痕泯灭，但是，当年建造者的虔诚、笃信与热忱，却是斑斑可见啊。

福哉，福宝。

三

福宝镇位置偏僻，地域广袤，但它的高腔山歌，向来是闻名遐迩。

福宝的山歌源于唐宋时期，原为盐马古道的商人或当地山民传递信息、排解寂寞的即兴歌唱。它的表现形式灵活多样，大多一唱众和，突出的是悠扬古朴，歌声高亢嘹亮，素有山之声、水之音、物之韵、心之灵的美誉。

福宝的唢呐也因非遗之名，蜚声遐迩。长长的唢呐，流线极为简朴，如同田野上盛开的朝天喇叭花，能吹出花朵的清香和风骨。寂静处，一声唢呐独领风骚，锣、鼓、钹、梆便迅速跟上伴奏。吹打结合，浑然一体。所以，福宝唢呐也叫贯打唢呐。它不像北方唢呐那样自始至终一枝独秀，而是众人拾柴，你吹我打，其乐融融。那丰富多彩又独具风格的曲牌调式，如一股山间溪水，直奔中国民乐的滔滔江河，形成一脉不可小觑的鲜活支流。

福宝人重艺术，也重文化。皂角树下的惜字亭，建成于乾隆十五年（1750 年），共 6 层，八方，仿八卦图形，高 8 米，每层都刻有各不相同的浮雕图案。它是干什么的呢？烧字纸的。原来，这里的人自古就认为带字的纸张是圣洁之物，不能随意丢弃，倘若不敬，会有辱门脉，脚上长疮，眼里害病。为此，古人特意修建了这个亭子，以备烧字纸之用。镇上无论大人小孩，只要焚烧带字的纸，就会自觉到这里来烧。这种近似古板的虔敬与执着，足以让一个庞大的民族为他们行注目礼。

四

走过长街，站在镇后的土山上，再一次回望福宝这幅山水长卷，顿觉一种古韵古风回荡在山水之间。苍茫的天空下，街巷纵横如同棋盘，打着油纸伞的游客，忙生活的主人，没有叫声的小狗、花猫，都成了棋子。其实，站在高处的我们又何尝不是一枚棋子呢？许多棋子千里迢迢从一个个板结的地方挣扎出来，脱离原来的轨道，在一个清净之所清空归零，在一份旧时光里寻得一份难得的自在，享受生命初始的一种自由，这不就是棋子之福嘛！我们享的是福宝之福啊！

当人们在到处喧嚣的版图上试图寻找一处灵魂的清净之地时，寻旧就成为一种集体的渴求。我们为什么会寻旧？因为旧里有大家一份共同的永不再来的陈年光阴。怀恋时，才知道那是最为原始的一处圣山圣水，那是最大的福和最大的宝，可我们集体把它弄丢了。我们期待在别处与它邂逅，却仍不在意时光的流转，每一个明天都会成为今天，今天都会成为昨天，而未来的某一天，当我们猛然回头，是否还会寻得到原汁原味的现在？我们知道自身尚在的福宝是什么吗？我们留得住它，看护好它的当下了吗？

猛然间，意识中的蓝天、白云、青草、乱花，似乎正随着我的思绪一同跌落……我双手合十，默默自语：但愿它们不会走丢在今天的时光里！

福华街的尽头是一个古渡口，竹木掩映中，格子幡正从船头挑起，如同挑着一截格子墙。船移动，格子幡也在移动，水流缓缓的，像地老天荒的混沌时光，几分寂然，几分淡然，几分悠然，几分怡然。相遇有缘，相别或许也是一种缘吧。伫望等待，送别惆怅，或许都是情之所至吧。

　　流水洗繁华，时光印福宝。在此所得，有我的福，还有我的宝……

谁拈心中花一朵

飞机穿过云层的时候，我的心莫名一动，便开始了漫无边际的寻找。舷窗外，天空晴朗湛蓝，纯得慈祥。白云行色匆匆，神色肃穆，一会儿起伏如白雪覆盖的山川原野，一会儿重叠似翻卷喧闹的滔滔巨澜。云卷云舒中，飞机向着西北不知走了多长时间，那种耀眼的雪白与耀眼的湛蓝始终耐着性子往前方伸展，拉长了我的惆怅，也拉长了天空绵绵无尽的寂寞。碧落茫茫，我的寻找在寂寞苍茫的背景中渐渐疲惫，变淡，淡成了一条虚线，自打起笔就决定了毫无意义。

一

我不知道自己有几岁，记住了这个具体的事件，却怎么都想不起大概的时间。我记得奶奶把我抱在了炕台上，她自己在一旁洗碗。我老老实实坐在炕沿，将双手伸向火塘，可能是先有温暖的感觉顺着双手游走，然后才有可能左顾右盼，隔着木格窗，我看到干草叶子在风中打旋。屋内光线昏暗，大概是屋顶的天窗被奶奶用瓷盆扣住了。奶奶总是在风雨来临之前不厌其烦地爬上房顶将天窗扣好。炕上铺着被炉火烤得金黄的席，地上靠墙依次摆放着木桌椅、木箱柜、陶罐，陶罐的肚子圆圆的，一个盛着小米，一个盛着玉米面。剩下的就是些不值得细瞅的鸡零狗碎。我将视线挪向火塘，看到我并拢的指缝间透着一条条干净的红线，炉火通红通红，炉中煤这儿亮一下，那儿暗一下，闪烁出多变的图形，明暗之间我突然发现了一幅画：一个小孩被一个牵狗的大孩挡住了去路。接下来会发生什么？我喊：奶奶，奶奶，不让过了。奶奶说你胡扯什么？我指着火塘：有人，有人。奶奶探过头，疑惑地瞅了一眼，又瞅了一眼，一句"哪有的事"，就轻描淡写地将我抱在了一边。

　　那时候我大概还不知道有"像"这个词，更不知道将它搁在两个名词之间，搭个桥就能证明我的狗、我的人都不是胡扯。语言的障碍，在我与最亲近的人之间，阻隔了千山万水。我不怪奶奶，奶奶没能走进我构想的那个世界，任何人都走不进那个世界，我将这个不能敞开、不能与人共享的世界无奈地埋在了心里，独自勾画着，窃喜着，陶醉着。后来，我发现这个世界很大，我常常面对天上的一朵云，地下的一片荫，墙上剥落的一块泥，甚至奶奶泼在院里的一盆水发呆，在人们忽略或遗弃的事物里，我寻找着肥沃，经营着内心的花园，种植着谁也不知道的美丽故事。那时，我觉得自己和别人的生活是不一样的，我朝朝暮暮千奇百怪地畅想，每天都在为自己创造着崭新的快乐。

　　日子不紧不慢地过着，日子中的奶奶根本看不到我心里飞着的那只快乐的小鸟。那只鸟不安分，一会儿停留在她这个循规蹈矩的世界，一会儿早溜到世界的边缘舞蹈去了，在舞姿翩跹中，我无拘无束地长大了。

　　长大是令人欣喜的一件事，奶奶爱给我讲故事了，我也爱听故事了。某段时间，望我成凤的她仿佛抢墒播种似的，以极大的热情，兴致勃勃地给我灌输了大量的故事，《牛郎织女》啦，《唐僧取经》啦，《劈山救母》

啦，使神狐鬼怪、才子佳人的影子挤满了我家空洞洞的黑夜，黑暗中，我与他们娴熟地交流着，不知不觉中，他们便像熟人一样进入了我未曾打开过的那个世界。

厮守着那个世界，我的心事长得枝繁叶茂，一夜一夜，我以自己的渺小遥对夜空，凝望着银河，凝望着肝肠寸断的织女星和望眼欲穿的牛郎星，渴望着他们现形。我总在想，那些日日夜夜萦绕在我梦想里的大小神仙住在哪儿？是不是躲在云彩的后面？

一个人究竟拥有几个世界？人到中年了，我依然说不清楚。

二

飞机遭遇气流产生颠簸，坐在机舱那种憋闷的感觉，将我的思绪又拉回到我的少妇时光。

那时，我怀孕七八个月，常常在夜间堵得喘不过气，一晚上能憋醒好多次。后来，赶上放秋假，我就住在了乡下的婆婆家。婆婆终日劳作，不爱说话，但我知道她是有信仰的，尽管她很注意掩饰，我还是能看得出来。因为，我经常看到她把堂屋门悄悄关上，又悄悄打开，过后，桌上的香炉就总有新的香灰。

有天睡觉前她捧来一碗水，神秘地说，喝了吧，喝了就能睡了。我乖乖地喝了，一晚上果然睡得非常踏实。至此，堂屋门每天晚上都要关上一会儿，我每天晚上都要喝上一碗水，每天晚上我都能安然入睡。假期很快过完了，我得回到单位去，单位距离婆婆家六十里地，不属一个县。这时，我犯了愁，愁的是没了那样的一碗水，每个晚上可怎么过。好在婆婆有的是办法。回来以后我按着婆婆的交代照章行事，晚上九点，将一碗水放在桌子的右上角，二十分钟后端起来喝掉。我将这件事做得毕恭毕敬。不知是路途遥远，婆婆供奉的神仙鞭长莫及，还是我的心理出了问题，那碗水没能发挥丁点儿作用。我托人把信儿捎了回去，婆婆回信说，那就四十分钟吧。这意味着从我倒上水，到我端起来喝掉之间，她要跪四十分钟的香。当事情麻烦到婆婆坚持将跪香时间再延长到六十分钟时，我便再也端不动，喝不下那一碗水了，那碗水太沉重，太沉重了！我看出来了，她仿佛在较劲，和冥冥之中的什么较劲，她决绝的坚持，分明已超越了婆媳间亲情的牵挂，很大程度上，她是在捍卫一种虔诚。

走过许许多多地方，我看到过许许多多的庙宇，进进出出的，大多是像我婆婆一样的中老年妇女。风尘仆仆的时光昼夜不停地追随着她们，为人女，她们得尽孝；为人妻，她们得尽忠；为人母，她们得尽责。红尘的疲惫，挤压着她们本来就很逼仄的个人世界，于是，她们就将那个无力打理的世界交给了袅着青烟的香火，欢乐在此，伤悲在此，绝望和希望在此。庙台有高低，庙门有大小，世上的庙宇大概有千座万座吧？不管是豪华还是简陋，气派还是寒酸，不但笑迎她们，也笑迎所有的苍生。于是，贫穷的，富贵的，高尚的，卑贱的，完美的，残缺的，犹如无数条细流融入大河，五光十色的信仰，就构筑了她们理想的世界。

三

岁月荏苒，我也步入了中年。

迢迢几千里，我来到了西北，来到了敦煌，我是多少年前那个寻梦的人。

大西北的上空，只见蓝天少见白云，偶尔看到一丝、一朵，也遮不住荒凉的地面。赤裸裸的阳光直射着赤裸裸的戈壁，云和影遥相呼应，默然相随，使空寥的背景中弥漫出一种撼人心魄的孤寂。

在敦煌，我听到这样一个故事：366 年，一个叫乐僔的行脚僧人，手持锡杖，走进西北，走进这片荒漠之地。举目荒凉中，是鸣沙山的沙、月牙泉的水留住了他的脚步，忽然，他看到对面的三危山金光四射，宛如千佛降世，他认定这是神示，此地灵山秀水，必是佛教圣地，于是，就在鸣沙山沿河的陡坡上，开凿了第一个洞窟，空旷寂寥中的一声锤响，便引来了叮叮咚咚日益蓬勃的开凿时代。

这便是莫高窟，一个令世人瞩目的地方。

历朝历代，无数的信徒、画工从四面八方会集而来，风餐露宿，安营扎寨，用线条、颜色续接着佛国与自己的联系，人们把现实中难以满足的那一部分愿望，描在心里，画在这里，安慰着自己，补偿着自己，平息着自己，超脱着自己。当他们把散发着人间气息的山水风雨镌刻其上，神的家园就笼罩着一种故园的亲切，仰望洞窟，理想与现实，彼地与此地，今生与来世就变得密不可分了。

因为他们，莫高窟神奇起来了，看吧，缭绕的白云中，琼楼玉宇似隐似现，虚幻的山水，繁茂的花树，拥绕出一派尽善尽美的繁华景象。佛国的仙人们启程于西天，衣带飘飘，扬手散花，越过沙漠，从万里碧空飘然而来，而中原大地的诸神也脚踩祥云，骑鹤驾风，翻过千山万水款款而至，东方的神与西方的神，相逢在大漠的上空，他们相邀相携飞入了高窟，形成歌舞升平的缤纷洞天。

当我走过雕梁画栋的牌坊，登上回折上升的木梯，总觉得自己走进了一个理想国，这里流光溢彩，仙影如梦，众佛悠闲超然，慈眉善目，传达着一种出世的旷达和入世的温暖，荡漾着迷人的微笑。我环顾四周，不禁自问：我到底在人间，还是在天国？面对满目的奇花异草，珍禽异兽，羽人飞天，心里还真有点迷茫的感觉。

我想：莫高窟是东西方文化共同孕育的一朵精神奇葩，它千年不败地盛开，葱茏了大漠荒原，也葱茏了人类并不太完美的现实世界。

物我同一，人神和睦，人类总是将自己绚烂多彩的内心世界投射到世间万物之上，万物因之便有了灵性。正因为有了寓情于物的特质，人类才能在自然界出现任何灾变的情况下应对自如，并予以合理化解释。从某些方面来说，是人类的多情在拯救着人类自身，是人类的多情在维系着这个世界的平衡与和谐。

我又开始了新的寻找，从茫茫天空，转向了茫茫人世。是啊，芸芸众生中，谁在拈花微笑？

天慈山印象

四里岩水库犹如天慈山的一面梳妆镜，将山的姿容倒映其中。水中的山很像山，凹凸着不同曲线，一重掩一重地捉迷藏——左山挽着右山的臂膀，后山牵着前山的衣襟，层峦叠嶂。

不太均匀的绿色，裸露出山体的刚性，不知是山的效果还是水的效果，当上午的阳光从山的肩头爬过，山水间竟腾起一层雾的脂粉。这时候，那时隐时现的绿色便将山映衬得不胜羞涩。

沿着堤坝进山，才发现秋的缤纷。单是路旁的山菊花就有黄、白、粉、紫多种颜色。远处近处，这儿一点绿，那儿一处红。沟里是鸡鸣狗叫的袖珍村落，看不到人，只看到家家屋顶已摞起了玉米垛。几点金黄站在那儿，渲染了秋，也粉饰着山间的烟火色。路旁，火红的爬山虎爬满了崖壁，丝丝缕缕，纷纷攘攘，将沿途景色爬得蔚为壮观。

拐过一道弯，又过一道弯，拐来拐去不知多少次，恍如玄奘跋涉西游，在前不着村、后不着店的大山深处，竟蓦然出现一个山庄。一惊一喜间，就觉得那是天上飞来的，或是地上长出的。走近细看才知道是天林宾馆，不但是凡间的建筑，而且非常气派豪华，大小型会议室、餐饮中心、客房，每一处都体现着当下的时尚。当你置身其中，闻鸟声婉转、观山色烂漫，看到蓝得生动的天空下一层层露天台阶依山庄蜿蜒而上，还是忍不住有身陷神话般的恍惚。

天慈山是一座环抱的群山，茂盛的植被丰腴得将山道挤成一线。穿过丛林，穿过草滩，沿小道偶尔回望，会看到千变万化的景致，那是因角度变化，山势出现的不同组合。

群山如画。黄的杨树、绿的油松、红的火炬树在阳光下张扬着浓艳的油彩，画面上花团锦簇，是油画；阴面的岩层被满谷轻烟似的雾岚洇得老持凝重，是水墨画；那些风光过后，洗尽铅华的干枝枯杈，则在山风中摇摆出淡雅的素描。

不知是天然还是人为，山顶竟青石铺地。石缝间蹿出的草茎伏卧着遮盖其上，踩上去柔韧绵软。绕山而行，看到情侣石在山崖上迎风而立，不禁想到了舒婷的诗句"与其在悬崖上展览千年，不如在爱人肩头痛哭一晚"。想这对相依相拥的千古恋人，在悬崖上演绎了千年的海枯石烂，应该是神人共羡的幸福极致了吧！

沿北山坡顺势而下，会看到南山北侧的山形如凤凰展翅，那仰向长天的凤首引吭着振翅九天的渴望，巨大的双翅扇动着扶摇直上的气势。

天慈山是阴性的，也是阳性的，如同变身的菩萨，属于上天的恩惠。

日落余晖。暮色苍茫时我站在山脚下再一次仰头看山，这时，枝硕花繁的喧嚣渐渐褪去，天也苍茫，山也苍茫，空山寂静中顿觉得山影已融入天空，那静静站立的，只是苍山未来得及遁形的一部分。

有一种美这样盛放

女儿告诉我，墨尔本乡间有一个原生态的庄园，很美。说这话的时候我也在墨尔本。于是，就让她陪我去看。

坐上漂亮舒服的环行线高客，才发现车上只有三个人，黄头发灰眼珠的司机、女儿、我。公路黑亮黑亮的，很少有行人。大约一个小时后我们下车，车继续往前开走了。

顺着车行的方向往前看，我惊呆了：一条油黑的柏油路伸向远方，路两旁，亮丽动人的绿草白花，像两匹打开的画布，夹着柏油路通往望不到尽头的地方。娇嫩的鲜草如一带碧海，那星星点点、细细碎碎、均匀动感的白花简直就是碧海中翻卷的浪花，雪亮，簇新，美极了！

走向小路，看到路两旁有各种栅栏围着的别墅。别墅的大院子里有轿车，还有马匹，不见人走动。在墨尔本，凡是别墅，必种花草。乡间的空间大，那就更不用说了。只见那些青的、黄的、紫的、红的、绿的，带花的、带叶的、带刺的藤类植物，成堆成堆隔着铁栅栏往外扑，繁茂，油亮，泛滥，那种不管不顾的生命气息压得人透不过气。

走到了那个庄园。庄园外围很不起眼，红砖做垛白灰为墙，孤零零站在那儿，有些破败，像丢弃了的 20 世纪六七十年代中国农村的饲养处，太简陋了。女儿说，这本来就是一座废弃的荒园子。几位艺术家将其买了下来，在此做一些东西卖。看得出平房是后来盖的，里面有缝纫机，还有一些做手工的工具。只是赶上了礼拜天，没有见到人，我们只能隔着门缝往里张望。

穿过迎面的小酒吧，就算进入景观区了，疯长的花草之中竟然出现由废弃的物体堆积起来的小景。生锈多少年的铁圈、铁器皿、旧砖块、石头，很融洽地组合在一起，很抢眼，是在诉说一种曾经丢失的存在、生活场景，还是启发人们构想一些美的、未知的东西？

这里的人很简单，很节俭，很实用，不注重形式美。我们讲究的刻意完美，在这里几乎寻不到。这让我想起墨尔本朴素的大街，街旁的店面各不相同，但一律窗明几净；街上的座位到处都是，但材质、样式绝不统一；居民的栅栏有木条的，铁艺的，蒲草的，木板的，涂漆的，原色的，但绝对整洁。他们补修马路不像我们一样大动机械、如临大敌，而是哪裂补哪，弄得像挤牙膏似的，将地面涂上了一条条大蚯蚓。在这个庄园，类似这种风格的小景随处可见。他们是在张扬一种轻轻松松的自然美吗？

再往里走，渐入佳境。

里面整个就是花的世界。我从来没见过这么多的花，树上有花，草中有花，墙头有花，墙缝有花。地面的草很厚实，有人很惬意地躺在上面。有白色的花，但不再星星点点，它们隔着耀眼的绿色浩浩荡荡泛出草面，顺着草坡一泻而下，像一阵风后的飘然落花。

一只拖着长尾的孔雀悄然走过。

两个穿着古代骑士盔甲的小孩模仿战斗追逐着跑过。

小孩是从一栋古堡里跑出去的，那是一座三层的建筑，大概有几百年了吧。一层是餐厅，陈设都是十七、十八世纪的样式，西式的餐桌上放着造型复杂的西式烛台，不同层次的烛光照耀着一张张喜气洋洋的脸。大概是体验一场古典的婚宴吧，大人们都穿着古装，在里面拿着刀叉用餐。二层、三层大概是画室博物馆之类的，陈列着旧钢琴、陶艺、铁艺，墙上挂着许多名画。

一树心无旁骛、清清爽爽的粉色飞花开在这个古老的、陈旧的、青色的塔式楼体前，让塔楼也重回年轻，疏疏淡淡的景致，像一段朦胧的忘年恋，情是淡淡的几缕，羞是轻轻的一抹……

古堡的一侧就是浩浩荡荡的黄花园，朵朵金黄连在一起，美得惊心动魄。我躺了下来，立刻被花草淹没。置身于花草的恣肆汪洋之中，我有了一种惊慌的感觉，这感觉是一种从未体验过的陌生，一种与人世隔绝的恐惧：这是哪儿？人间还是天上？花海的神秘无限，让故人旧事迅速逃遁，我觉出了自己的弱小。

有一个旧院落，相对独立，走进去看，没有房屋，只有拱门和封闭的长廊，低处有游泳池，水呈碧绿色，沿着台阶伸出一个平台，上面有个铁架，托起了一大片浅淡亮丽的紫藤花，真美啊，用相机怎么都拍不出那种真实的状态，拍了好多角度都不行。坐在木椅上，我曾想把它比作紫色的雾，紫色的云，但那种比喻太普通，太潦草，也太轻飘，似乎轻得抓不住就会让它消逝似的，我想把自己当时的状态叫作沉浸，但觉得把自己说重了，以至于容易拖累它，让它也沾上我肉身的俗气。那是一种什么状态啊，很难描述，是梦外的仙境忽然飘入梦中的感觉，是新人还未染指的婚房里那种浅浅淡淡的氤氲，是一种罩在人间的美妙念想吧，是一种新生活将要开始的那个开端吧。

我试图从多种角度拍摄，但无论怎样拍，画面中的紫藤怎么都不像真实的那样湿润、那样娇艳欲滴，笼罩的姿势也不像真实的那样婀娜多姿、袅娜清雅，想起来就觉得对它是一种亵渎。

我一直在想，其他的花草都不在拍摄的时候失真，怎么唯有紫藤，唯有它是带点仙气的？是它的矜持羞怯不愿示人，还是清雅高洁不屑示人？那种轻盈之态大概是触须飞扬蜿蜒之势的烘托，那种纷披之态大概是花瓣交叠铺陈之势的映衬。那种美无法比喻，只能凭着感觉这样形容：美是千种美妙念想的那种美，新是万物萌生最初的那份新。它的美只配天堂有。那么，我见证了天堂？天堂像什么？就像陶渊明恍惚中的桃花源？

当我走出庭院，发现茂盛的小花开遍台阶墙缝，花把狭窄的通道点燃得亮亮的。亲切感、自信心有了回升，我觉得这是我童年梦想中常常遇见的过道，它们蛰伏在我的潜意识中，形成一些零零碎碎的记忆，但它是真实的记忆，透着真实的亲切。当亲切的联想被眼前的场景勾出，附带着脚底下的花草也粉饰了关于童年的种种记忆。那种自然的、贴着肌肤的亲切感，连同着脚下生命力极强的野花，注定要疯长在我今后绵绵思念的未来岁月里了。

花园深处有一间教堂，静静地掩映在绿树红花之中。这个城市到处都是富丽堂皇的美丽教堂，塔尖如林，钟声响亮，铛铛的原声拖着长长的尾音一声声轰鸣，以压倒一切的固执响彻城市的上空，犹如天父的热切呼唤。但这里没有钟声，也没有人影，寂寞地踏上青石台阶，手扶斑驳的木门，犹如触摸着遥远古老的陌生岁月，身后是已经剥落的青砖，风雨侵蚀下已寻不出往日模样。大概是被那种无边无际的寂静所震慑吧，我不敢迈进门槛，站在门外朝里张望，看到被绑在十字架上受难的耶稣正睁大眼睛望着门外。远处，蓝天高远，近处，红花含苞，蓄一腔生命的朝气。

这里空气通透，阳光耀眼，连夕阳都具有穿透力，你看那棵藤，阳光照着的一半是透明的，融进了光的色彩，呈现的是薄薄的黄，未照的部分依然是浓浓的绿。两种色彩，在朴拙的围墙上蜿蜒，谱下一曲婉约的绝唱。这情景，像极了这个城市。所有的关怀都隐身在细节之处，不铺张、不张扬，让简单变得充实。

这个庄园很简朴，却让我感动得掉泪。其实，这世上好多珍贵而丰富的内容，就盛放在最简单的容器里。

又是一季飞花时

见过梅花，没见过开成这个模样的梅花。

见过的梅花在纸上，卷轴打开，溢出隐隐的墨香，虬枝横斜处，点点飞红跃然纸上。清奇，峻拔，有着仙风道骨般的风雅，她和诗词歌赋中的梅花一样，属于梦中之花。

没见过的是眼前这片触手可及的梅花，她藏在春的深处，却开得热烈，开得惊艳，开得令人猝不及防。

有白梅如雪，浮在枝头，轻盈、洁白，薄薄的让人心生打开双臂的冲动，不是去拥抱，而是遮挡阳光，只怕她被晒化了。

有绿梅如叶，远望透着淡淡的新绿，青气袅袅，近观则无色透明，转瞬之间飞得满眼都是无影之鹤。

自然，更多的还是浓艳的粉，浓艳的红。她们以形取胜，开得千姿百态：有的星星点点，探头探脑，试探着含苞待放；有的规规矩矩，一朵紧挨一朵，一串串伸向蓝天；有的开得无拘无束，没心没肺，到处都是，将一味的红、一味的粉开成一团，开成一片，开得花瓣纷飞，落红遍地。有人说："开疯了！"是的，她们开得如此夸张，如此奔放，似乎是憋闷太久了，要赶在有限的春日里将满心的喜乐抖落出来，晾晒出来。

花如此地喜欢热闹。她们牵牵扯扯，拉拉拽拽，一路拥挤着赶往人间的四月天，于是，在通往春天的大路上就形成一派浩浩荡荡的花流景观。人们也是喜欢热闹的，好多踏青的人驻足在花树前举着相机、手机，忘我地拍摄，将自己的倩影，连同一树树梅花，留在了春天，点亮了岁月！

北方的天空下，哪里会有这么多的梅呢？对了，这还真是一处梅园，就在市区的东南郊。这里的梅花虽然是主旋律，但一处梅园里仅仅有梅还是太单调了。园子嘛，就要有园子的韵味。设计者早就预想到这一点了：牌坊样式的院门是用大个儿竹竿做成的，围墙是用篱笆编成的，显得粗陋而简约。园子里的路，有的是青砖，有的是石头，有的干脆就是水泥，但不管啥样的路，一律都镶着花边。因了这花边，路也多出了一些艺术的情调，随着曲径通幽，弯弯绕绕，就为梅园绕出一处处妙趣横生的景致。

自然，园子里种植着多种植物。松柏成林，竹影疏离。高处是白玉兰、红玉兰，枝头挂满飞鸽一样的花朵。低处是金黄的油菜花，鲜红的碧桃。上上下下各种色彩交相辉映。

园内有一高台，上有观园亭子。拾级而上竟有些微喘。站在亭子间举目四望，远处麦苗返青，台下园子尽收眼底，花树纷繁，姹紫嫣红，恍然之间宛若仙境，穿行其间的红男绿女也一个个宛若仙人。

我恍然间明白，踏青的人们不只是在赏春，人们本来就和眼前的花木一样，都是春的一部分。所谓踏青，只是一个借口，是人们来借一个季节寻找和打开自己的一种美好的方式。

祖母山

那支歌谣

从前有座山，山上有个庙。老祖母的故事都是这样开始的吗？

记忆的源头，总是隐约回响着这样一个缠绕不去的苍老声音，它缓慢、单调，像一支被慢时光摇晃着的催眠曲，抚慰了我童年的梦境：从前有座山，山上有个庙，庙里有个奶奶，奶奶坐在那里捏泥人……

我知道它一定来自上古，穿越过无数的星光、夜岚、虫鸣、草香，带着泥土味儿一直抵达到我奶奶的唇边，陪伴我的父辈和同辈，成为我们家族的传唱。于是，我记住了从前，记住了山，记住了从前山上的那个庙。

那个庙

初见的刹那,我确信遇见了生命中那一支早已走远的歌谣。

在峰峦叠嶂的太行山南端,有一处烟火旺盛的庙宇,它坐落在群峰簇拥的中皇山上,栉风沐雨,一越千年。

它的姿态就是那么奇特,不靠山,不靠崖,整整23米高的四层楼阁仅靠8条铁链就牢牢地固定在后面的岩壁上。每逢游客云集,铁链即被抻直,绷如弓弦。因其独特的建筑特色,人们称其为"吊庙"。又因这里供奉着传说中华夏的先祖女娲,所以,它的官名就叫作娲皇阁。

娲皇阁与它的3个附属宫殿朝元宫、停骖宫、广生宫合在一起统称娲皇宫。它们只是景区的五大分区之一,却得天独厚,雨露占尽,囊括了历朝历代古迹之精华。内有北齐时代的摩崖刻经、石窟石造像,宋代的砖墙,元代的砖雕,清代的壁画,以及历代碑刻楹联等。其中,北齐的摩崖刻经,是我国现存摩崖刻经中年代最早、字数最多的一处,被誉为"天下第一壁经群"。

从汉代起,就开始为女娲建庙立像,娲皇宫现存的4组宫殿为南北朝和明清时期所建,共有房屋建筑135间,历代碑刻75通。

女娲生活在一万年前的母系氏族社会,据《太昊纪》记载,"女娲起于承匡之山,都于中皇之山,葬于风陵则此",娲皇宫的主体建筑娲皇阁就位于中皇山腰,至今还保留着原始人类生活过的洞穴。

早在一万年前的原始社会,属地涉县的人们就开始用祭祀祖先的方式纪念女娲,延续至今,在当地形成了一年一度的三月庙会。从阴历的三月初一开始到十五,历时15天,当地百姓倾尽所有的娱乐方式,载歌载舞,举行古老的朝拜仪式。届时,车水马龙,络绎不绝,香客云集,热闹非凡。后来,也就真的热闹出了大动静——"女娲祭奠"活动,被列为首批国家级民俗类非物质文化遗产,目前正在争取更大的动静,申报世界文化遗产。

娲皇阁飞檐翘角，逍遥云天，于苍茫的云烟中站立在高山之上，它上承宇宙万物的精华之气，下靠一条九曲十八盘的弯弯山路拉拽着地面的万千苍生。源源不断的朝拜者从千乡百里迢迢赶来，不辞辛苦上山叩拜，将心中的千言万语诉诸手中的线香，铁鼎中，万缕香火明明灭灭，袅袅升腾。人的心愿，神的心愿，在群山的环抱中交流弥漫。

万民啊，仰望云端，哪一朵是你的懂得？

歌谣里的奶奶

在我的意识刚刚开化到懵懂地质疑人是从哪儿来的时候，奶奶就告诉我，人是泥捏的，你不见一洗澡，浑身的泥怎么都搓不完啊，那是一个叫作女娲的奶奶比着她自己的模样捏出来的。为什么有的俊有的丑呢？奶奶告诉我，天下多少人啊，有鼻子有眼儿的，全靠一个人来捏，捏着捏着就累了，犯困了，那些没有用心细捏的泥人，就成丑人了。还有那些飞禽啊、走兽啊、花草啊，都是女娲用柳条蘸着泥水随意甩下变成的。

后来，翻阅资料，我才查出：女娲是中华民族的人文始祖，是神话传说中的创世女神，她的一生有九大功绩：生万物、补苍天、立四极、斩黑龙、造人类、别男女、通婚姻、创笙簧、教耕稼，无所不能。

在娲皇宫广场的功绩园里，清晰地雕刻着女娲的所有功绩。

据宋代《太平御览》记载，女娲在造人之前，于正月初一创造了鸡，初二创造了狗，初三创造了羊，初四创造了猪，初五创造了牛，初六创造了马，六畜没有个头，鸡乱飞，狗乱跳，牛的力气大，动不动就抵角打架。为了照管六畜，女娲娘娘就在第七天造出了人，她让鸡司晨，狗守门，牛耕田，马拉车，羊上山，猪卧圈。无极生太极，太极生两仪，两仪为阴阳，天地之初，阴阳即为女娲及伏羲，有父母即生子，由此才创造出宇宙万物，这才是生命之起源。

雕像中的女娲，身材曼妙，柔若无骨，面含着醉人的爱意，深情地凝视着手中的小人。无数的小人源源不断地从她的手掌出发，欢喜万状地朝着人间赶路，于是，天空就飘下一条喜气洋洋的人的河流。那些落地的小人甩胳膊蹬腿儿，眉眼之间全是欢笑，幸福地充当着她的子民，延续着人间的烟火。

古往今来，人们把延续香火、繁衍后代当作人生的主要职责，因此，那些未能如意的百姓便把她供为始祖神，不远万里赶来求子。也许是屡屡应验吧，久而久之，这里也就成了全国知名的"敬母圣地，延嗣之所"。

女娲想得很周到，她将人间的男女分开，以保持平衡之态。她命碧霞元君和紫霞元君分别从南天和北天取来笙和簧，做成乐器笙簧，轻轻一吹会奏出美妙的音乐，世间男女听到音乐后，会欢欣喜悦产生爱情。为了让真正的爱结合到一起，女娲还制定了婚姻制度，让世间有了伦常之礼，古书中如是记载："通婚姻，别男女，立人伦"，因此，后人又奉她为高媒，即婚姻之神。恋爱之中的青年男女往往到此拜上一拜，祈求一份美好幸福的金玉良缘。

传说，黄帝部落的后代颛顼和炎帝部落的后代共工为维护各自的利益大动干戈，将撑天大柱撞成了两截，天空出现了一个大窟窿，导致"四极废，九州裂，天不兼覆，地不舟载"，人世间一片生灵涂炭。女娲于中皇山颠，炼五色石以补苍天，耗尽所有精力，历时七七四十九天才补好了天上的窟窿。为保牢固，她断鳌足立四极以撑苍天，至此，四方天地变得更加坚固，人类解决了后患，过上了安居乐业的生活，大地上又呈现出太平祥瑞之象。

正当世间歌舞升平之际，不知从哪里钻出一条恶龙，残暴成性，到处吞食老弱，残害生灵，女娲先是规劝，但此龙非但不理，反而变本加厉，迫使女娲挺身而出，怒斩恶龙，拯救了世间苍生，她的英雄壮举，赢得了众人的赞誉，她在人们心中的地位更加崇高神圣，后人尊称她为娲皇圣。

上古时期，人类还处于原始社会状态，当时，自然环境恶劣，生产工具简陋，女娲作为母系氏族社会的部落首领，心系天下苍生，以自己的勤劳和智慧教会人们耕种狩猎，带领人们从采集野生果实为食，转入农业耕种，创造了远古的文明。

歌谣外的奶奶

我曾想，位于涉县的中皇山与我家乡仅隔 100 多千米，走高速也就两个小时的车程，但过去山路阻塞，交通不便，也不知道奶奶知不知道这个地方。奶奶离世已经多年了，所有的猜测均无意义。即使在世，我告诉她我找到了她念叨中的山和庙，她能爬得动，够得着吗？

奶奶是生在旧时代的乡下女人，大字不识。柴米油盐的烟火生活外加一双被裹过的典型小脚，便轻易地限制了她丈量人生的脚步——她的路途只有村庄那么长。奶奶常说的一句话是：朝山不如行善，拜庙不如行孝。

村人们都记得，那年寒冬一个裹雪的日子，她牵着 6 岁的姑姑，走进了爷爷的穷家，给 3 个儿子当起了后妈。大的 6 岁，二的 5 岁，小的 3 岁。爷爷地无一垄，没有别的能耐，他就是个扛长活的，介绍人没有欺骗她，说这个家虽然穷，但是穷得清白。就靠这句话，奶奶便把一个破碎的穷家顶了起来，她上敬老，下养小，纺线织布，操持一大家子的生活。后来，她有过多次的生育，最后活下来的只剩下父亲和四伯。那些无缘喊她母亲的子女在她的生命里瞬间闪过，她哭都来不及，就一次次奶养了人家的孩子。靠着做奶娘、做保姆的微薄收入，她让儿子们读书认字，成人成家。三个儿子视这个继母为亲母，娶亲之后便远走外乡，开药铺，做生意，将赚来的每一分钱都寄回家里。在家里的光景渐渐好起来的时候，谁知祸从天降，外乡里闹瘟疫，大伯和三伯竟然同时客死他乡。她陪着两个儿媳哭啊，哭干了眼泪。当时，两个伯母只有20多岁，奶奶想到她们的未来，便亲自为她们说媒，两个伯母都是风风光光从我们家里出嫁的，她们一生都把我家视为娘家，把奶奶称作娘。多少年后，我们一直喊那两个伯母为大娘，并顺延着喊那两个代替大伯的人为大爷。平日里来来往往的，我一直以为他俩是奶奶的干儿子。

当然，在村里，奶奶的命不是最苦的，那些早年丧母、中年丧夫、晚年丧子的悲苦之人比比皆是。奶奶也不是最能干的，那些比她能干的，能代替男人种田耕地，收谷打场，家里家外全部靠自己单挑。奶奶只是她们中极为普通的一个。

你有个这样的奶奶吗？盘纂儿，大襟儿，绑腿，小脚儿，中国式的装扮。或者说，你爸爸，你爷爷，你祖上有过这样的奶奶吗？

传说中的女娲撑起的是宇宙天下，凡间的奶奶撑起的是茅屋小家。女娲神游在神话里，奶奶挣扎于现实中，两者之间本谈不上关联，但是，神话里的英雄无论多么超人、神奇，都超越不了人类的想象，英雄的爱恨情仇、精神、道义，无不是人类现实经验的体验。那么，女娲形象是来自奶奶们的总和吗？不对，不对，她的身上，寄托着无数生灵百姓无限美好的向往，那是一种难以逾越的高度，她应该是超拔于所有普通之上的。

那山那庙

女娲，是人类童年时代的美好想象。当时，自然环境的凶险，生产力水平的低下，给人带来极度的不安全感，人类需要有一个君临众生的慈母来护佑。而母系社会的特点，决定了女性的特殊主导地位，由此，女娲的形象诞生。

随着人类历史之父系取代母系的进程，人类的关系不再是血缘情感关系，而转变为物缘的依赖关系之后，女神的时代也渐渐退出，一去不复返。但是，沧海桑田，无论历史如何变迁，爱与生命永远是人类的主题，女娲的传说也就在一代代生命的膜拜中，不断获取着崭新的生命，直至走向了永恒。

女娲是大地之母，她的行宫却远离大地，建在高高的山上。我不懂风水之说，只是觉得厚德当可载物，那些巍峨的大山可揽林木花草，也藏走兽飞虫，容得了普天之下所有的生灵去做它的子民，仁者何以乐山？这算是答案之一吗？

庙立在山上，也立在奶奶们的襟怀之中。

听听，漫漫长夜，这又是谁在吟唱：从前有座山，山上有个庙……穿越了几十个寒暑，翻遍了世间万象，作为一个家族的女性传人，我终于找到了奶奶的那座山，奶奶的那个庙。

第二辑　闲花落地听无声

木铎金声故人来

看到了民国时期的老课本。

一眼，只是一眼，便已是心动情牵。

书皮是那种仿旧的暗黄，封面上竖式的标题高高瘦瘦，夹在其中的繁体字透着一身的学究气。捧一册在手，如同捧起了埋在尘埃中的一沓陈旧岁月。

仔细翻看，便有清气扑面。《米》："农夫种稻，手足动劳，历春夏秋三季，始得粟。又用砻去壳。用臼去糠。始成白米，然后炊之釜中，或为饭，或为粥，食者当知其不易也。"

多么纯净简洁的文字。不修饰，不渲染，将每句话都说得实实在在，明明白白。即想，倘若一幼童，在人生启蒙之初，得以此文，以黄口童音，将一粒米的辛苦跋涉，脱胎历练之状一而再再而三地朗朗诵读，然后熟记于心，何愁不懂得珍惜天物？

如何对待一粒米，说到底是一种人生的态度。君不见那些刻薄之人连买菜都要把农民筐子里的菜一层一层褪个尽光；那些貌似富足的观光客在吃饱喝足之后将剩下的食物扔得一片狼藉；更不要说何处何地大事小事公事私事究竟有多么铺张，单是某个人嘴巴一动，就可以让一栋栋新楼顷刻间化为废墟，然后让废墟再长出一栋栋新楼来。

选编的人说得好："一粒米，走过季节，成为粮食，济养众生。那是造物主的设计，农夫的执行。风霜雨雪烈日，每一粒米和种米的人相依为命，完成土地的契约。"

谁怜相依，谁敬重契，谁能品出其中滋味？

选编的人又说：教育的最大功能是使生命产生敏感。这便是他编书的原因。

选编的人叫邓康，是一个真正的读书人。几年前他客居云南，有一天，他在一个边远偏僻的老市场闲逛，也是有缘，偶然淘到了一本民国小学教材，翻开来看，如遇知音，刹那间，便觉纸上风动，滋生了"莫放春秋值日去，最难风雨故人来"的情思，以后每到一处，他都会到旧市场寻觅，然后，选编了这本书，叫作《老课本，新阅读》。

这本书，散发着一个个相关者对身边人、眼下事、常人心的所有温情，传递着他们对仁爱、礼义、诚信、情趣、方法、逻辑的至高敬意。在我的感觉里，老课本就像一张张来自民间的风俗伦理画，新阅读则是善解人意的豪华边框；老课本就像一株株蕴藏着地气的生命母本，新阅读则是母本上滋生的轻盈飞花……

《职业》：猫捕鼠，犬守门，各司其事。人无职业，不如猫犬。

《爱同类》：一犬伤之，卧于地上。一犬见之，守其旁不去。

《勿贪多》：瓶中有果，儿伸手入瓶。取之满握，拳不能出。手痛心急。大哭。母曰："汝勿贪多，则拳可出矣。"

别说孩子，就是我们这些成人，难道不该从这些微小的事物中悟出为业、为事、为人之真谛吗？

一尘一沙一世界，小事物如同空气中的尘埃，琐碎事，家常事，眼前事，事事都是这个世界里的大事，这个浅显的道理，如今又有多少人肯去慢慢想明白呢？

我感动于书中的一幅画，《母羊求救》：画面中，小草浅浅，水波潋滟，一小羊落入池中。一个幼童抓住它的犄角往岸上拉，岸边的母羊垂首而立，目露关切之意。从羊的表情中，我读出了生命间的深深依偎……顿然，苍穹无言，一切纷繁匆匆后退，只留下这羊，这童子，还有天地间这一道爱的盛宴。

旁边是一段文字："童子出游。有母羊向之悲鸣。既前走，又屡顾。童子怪之，随其后。至一池旁。见小羊堕水中，哀号方急。童子乃握其角，提置岸上。母羊偕小羊欢跃而去。"

我常想着扉页上的一段话：民国年间，纵是兵荒马乱，却有人心淡定。上有信念，下有常识，小学课本集二者于一身。我在故纸堆里，成了民国的孩子。恍惚间，便觉一位夹着老课本的短发女子，下着黑裙，上着月白色的宽袖衫，正从古槐铜钟下款款走来……

我愿那女子是我。

隐性的河流

都说，女人如水。

因沾了水的灵性，女人便有了晶莹光亮的形，冰清玉洁的魂，以及温婉柔曼的性情。

水，没有家园。入潭是深千尺的碧绿，入海是荡万顷的湛蓝。不管是涓涓细流，还是滔滔大河，总是无奈地被山势地貌所牵，一路流浪着匆匆奔波，困苦劳顿，呜咽如歌。四海漂泊无定处，不知在何处安歇。

是的，女人如水。

女人的家在哪里？一旦你作为女孩出生，你就被赋予了牺牲精神。所谓的掌上明珠之说，不过是附庸风雅的一套辞令，抑或是男丁兴旺的大家族背景上的一丝点缀。生而为女，你要面对的只能是替父母操劳，为兄弟付出。谁让你是个体贴入微的好女孩呢？待到婚嫁之日，你才会从父母兄弟无意间流露的客客气气的亲热中读出疏远，你突然发现这原来不是你的家。当你踏出那道门槛儿时，你就成了泼出去的水，家里就永远不再留有你的位置了。那散发着你灼热气息的菱花镜、红梳子，只能寂寞地躺在你记忆的深处，任岁月蒙上尘埃，留等多年之后，闪闪烁烁地穿梭于你的泪里梦里。

女人的家在哪儿？是婆家吗？不要乐观地认为婆家就是你的家，原有的家庭结构、情感依存、协作关系，已成为一道牢固的屏障，即使人家有再大的心理准备，你也是外来者，你的闯入也是贸然的。倘若你有足够的心理准备，把对公婆的孝敬、妯娌的殷勤、大姑小叔的关爱拉到极限，你是不会有立锥之地的。而当某一天人家终于认可了你，你也就变成了一摊失去生机、波澜不惊的死水了。你怀胎十月受尽死去活来的炼狱之苦，一朝分娩，孩子的户口本上就没有商量地赫然填上了你丈夫的籍贯。

女人，你的家在哪儿？你以勤为经，用爱做纬精心编织的家，只不过是飘摇于风雨世界的一个小巢。风吹着它，雨打着它，外面的精彩诱惑着它。守巢的你守候的是什么？是锅碗瓢盆间不和谐的交响曲，还是寂寞长夜里幽幽怨怨的断肠歌？如果你守住了一缕温馨，一寸柔情，哪怕它一贫如洗，那你也找到了家的感觉。

女人是水，总是借地而栖。小家碧玉也好，大家闺秀也罢，最终都会蜿蜒在一个个叫作家的屋檐下，默默化作春日的细雨，化作秋夜的甘露，安心守护着家族的大树，点点滴滴耗尽自己。女人就在这一季季根深枝壮、花旺果繁的光景里找寻着自己生命的意义。

女人是水，是水总会有水的风骨。柔韧、温顺、高洁、优雅、兰质蕙心、长袖善舞……这些上苍赐予的美好词汇，如无声的曲，无字的书，无墨的画，意蕴无尽，造就了人世间千姿百态的美好女人们。伊人如画，将她们归在一处，就是一轴轴自然的长卷，这长卷被隐藏在各个家族族谱的背后，散发着独特的气息，悄然无声地影响着整个家族的气质品格和风水走向。江河东逝裹挟着千万条支脉，谁说那些雄性的波澜里没有雌性的光辉呢？

女人是水，水从远古来，又往未来去……

我以牛眼看无奈

　　也许是因属相之故吧，我从小背书似的记住了十二生肖，记住了与自己命理相对的丑牛，以备大人们居高临下的逗趣提问，结果就真的先入为主地喜欢上了牛。起初是抽象的，是从子鼠寅虎卯兔中脱离出来的一个称呼，后来就越来越形象、越来越具体了。形象具体到那种长着两只犄角，通体黄色或棕红色的北方耕牛。

　　无数的场景中，牛总是默默地用那双无辜的、美丽的大眼睛注视着前方，或想着些什么，或什么都不想，仿佛随时恭候着人类的指派。这世上有太多活得比人还滋润的宠物狗、宠物猪，甚至宠物鸡，却从来不曾听说有人把牛当作宠物来养的。牛好像生下来就是做奴隶的命，尤其是劳作的时候，它低着头，身负重荷往前走，深一脚，浅一脚，不管前面是什么样的路。缰绳轭在它松皮耷拉的肩上，将它的皮毛勒出一道横沟。扶犁人扬鞭执杖走在它的后面，那高甩的鞭梢在空中打着一个个漂亮的旋儿。对牛来说，这是它祖祖辈辈的受难史，对天地自然来说，它却是穿越千年农耕文明的一幅田园牧歌图。天下那些六合时邕，人畜和谐的安稳日子里有牛的奉献。

　　也有不太配合的牛在耕地时常常走偏，如果皮鞭都纠正不了，队里会指派一些干不了重活的小孩子牵着牛走。这样，我的人生就多出了一段牵牛的履历。说是牵，实际是带。也奇怪，不管牵牛的人有多么弱，只要给个手势，那些挨得过皮鞭的牛便顺顺当当地跟着往前走，一副其乐无穷的样子。吆喝牛有一套口令，人的世界通晓，牛的世界也通晓。得儿，是往前走；喔，是往怀拉；吆吁，是往外推；吁，是停。我没有体验过那种"牧童骑黄牛"的休闲与悠哉，单是这与牛相依相伴的劳作就足能令我苦中生乐，宠辱皆忘。牛的世界里没有讥讽，没有猜疑，没有攀比，没有争斗。外面那个令我头痛的世界远去了，倚靠着牛，像倚靠着一堵踏实温暖的墙，倚靠着我慈爱安详的老祖母。因了牛，生活变得简单而纯净，劳作也变得无比幸福。

　　当时一个生产大队，大概有一二十头不同毛色的牛，怎么分得清呢？各有各的外号，这些外号都是饲养员给起的。饲养员如同牛的家长一样，他喊，老黑——，槽头的黑牛抬抬头。他喊，二黄——，走着的黄牛猛然一停。于是队里的人就知道谁叫谁谁了，跟着就把那牛的名字叫响。无论谁叫牛都认。可心疼牛的，也就是那些饲养员了。他们一年四季都与牛住在一起，照顾牛的起居，牛都成了自家的人。外面有那些不当牛是回事的人，伤了牛，也只有他们敢抗议叫板。马无夜草不肥，牛也跟着沾光。为保证每个牲口不掉膘，饲养员夜里要起来给牲口们填草料。乡村的黑夜静悄悄的，牛棚里只有牛倒嚼的声音。饲养员摸摸这头，嘟囔一句，摸摸那头，再嘟囔一句。空落落的牛棚里因添加了人的声息，便增加了些许暖意。可惜好景不长，后来，生产队解散了，牛被分到了各家各户，乡村里每天上演的那种群牛出栏，群牛暮归的热闹场景就再也看不到了。

　　牛从牛棚到田野，一辈子来来往往。牛的脚印，印满了乡村的大地。

这一点很像乡村的老人。但这牛不知上辈子欠了谁的，今生今世赶到人间来报答大恩。牛的全身都没有废物，就连牛粪，都飘着淡淡的草香。小时候，为了完成学校布置的任务，我们常常背着筐，跟在牛的身后，眼巴巴等待一堆散着热气的牛粪。这些牛粪在欣赏者眼里充满诗意，连一位外国诗人都这样写：在被遗忘的山路上，去年的牛粪，已经变成了金黄。

不知从什么时候起，村子里的牛大都不见了。我离开村子之前，村子里好像只剩下两头牛，村西一头，村东一头。我们家住在村东头，便常常看到村西的小牛，独自穿过主街，拐到我们家那条街，拐进有牛的那户人家，待上大半天。街坊邻居们都觉得奇怪，你说它也不会打听不会问的，它是怎么知道人家家门儿的呢？天晚了，西头那户也不来寻牛，总是东头的牛主人，拍着小牛的屁股，将小牛送上大路，一边拍着，一边温和地念叨着，走吧，走吧，天晚了，家里人该着急了，改天再过来玩儿。那情形像哄一个来家串门的小孩子。众人都笑，笑那牛，怎么就那么像人；笑那人，怎么就那么把牛当人。我也想笑，只是心里不知被什么东西堵着，呛得又想流泪。

牛一般是不会伤人的。记得我牵牛的时候，累了坐在田埂上休息，牛就像一个好伙伴那样耐心地站着，等着我。我薅一把野草喂它，它慢慢舔着我的手，懂事似的与我交流。身旁的土地上翻卷起一条条直线，那是我们共同的杰作。

听说牛很勇敢，连狼都怕它。但是，身边的小动物却常常欺负它。它的身上爬满蚊蝇，却不急不恼，表情淡淡的，只是甩着长长的尾巴，赶来赶去。有些蚊蝇挑战似的在它的脸上爬来爬去，它眨巴着可怜的眼睛，一副受气包的表情。

牛的命是母牛给的，牛的运则取决于它的主人。秋天过了，牛栏的草已经用完，牛进食的时间便极为有限，晚上不得不饿着肚子。好多属牛的人常常被人问起是哪个月份出生的，就是这个意思。人的运，牛的运大体上很相似。一头牛，比起其他动物，更适合做奴隶，它没有选择自己生死的权利，被屠宰就是它最终的归宿。现在，我们村子已经没有牛了，附近的村子也看不到牛了。即使山里，也难以见到牛了。我有时竟突发奇想，牛在生肖里排名第二，很多年后如果有人问到我的属相是什么样子，我该怎样向人描述呢？会不会也像属龙的那样，告诉人家只当一个传说？

物尽其用，现今耕牛的作用不大了，但奶牛、公牛却大有用武之地。有史以来，西班牙就是"斗牛王国"，有人说，在西班牙，没有不斗牛的节日，也没有不爱看斗牛的地区。在那里，斗牛成为高贵的游戏和娱乐。其实，斗牛的过程是极其残酷血腥的：一开始的时候人们先把公牛惹怒，激发牛的斗志。看来人对付牛，与人对付人的策略是一样的，这就叫故意挑事吧。两名骑着高头大马的刺斗士手持长矛刺向牛背，接着，再由两名梭标手将带钩的梭标插入正在流血的牛背伤处，最后斗牛士出场，极尽戏弄之能事，将公牛耗得精疲力尽。在将牛的痛苦，牛的挣扎，牛的踉踉跄跄展示殆尽的时候，再手持长剑刺向牛的心脏，直至这头牛倒地死亡。如此恃强凌弱的野蛮游戏，抓挠着无聊至极的人类的兴奋点。听说，近年来，大量的外国游客不断地拥向西班牙，多数就是为了观看此项野蛮的表演。

最近，有段视频在网上盛传，在贵州一个地方的斗牛表演中，被逼疯了的牛对人发起攻击，观其场面惨不忍睹。牛的悲剧直接化作了人的悲剧，但这就能阻挡住狂魔般肆虐的喋血游戏吗？在人类的无情无耻面前，牛的价值正在走俏，牛的灾难也将永久持续。

这岂止是牛的灾难？

谁是谁的江湖

谁家燕子啄新泥？我家的燕子啊。

可是在我点头之前，那些燕子还没有资格成为我家的燕子。

春天刚刚冒芽露头的时候，楼道雪白的横梁上无意间多出一团褐色泥巴，那个突兀啊，那个扎眼啊，值日生一嘀咕，便纷纷举起了手中的笤帚。愤怒的笤帚挟裹着保家卫国的激情稀里哗啦一通横扫，泥巴就粉身碎骨为泥巴们了。就在笤帚意犹未尽渐渐散开的时候，一团褐色复一团褐色又朝着墙壁糊将而来，决绝，果断，毫不犹豫。于是，笤帚们不得不抖擞精神重整山河，顷刻间，泥、笤帚，还有那肇事者——燕子，在楼道里乱作一团。

我经过，偶然看到了这场飞鸟与孩子的赌气。一方是锲而不舍的建设，一方是斩钉截铁的摧毁。孩子们跳着脚地乱扑乱嚷乱了自己，却丝毫乱不了燕子一往无前的阵脚。奇怪，我看多了拿着鸡毛当令箭、尽职过当的孩子，但从来没见过如此固执的鸟，这厮也是，天有多广地有多阔，谁家的梁前厦下不可筑巢呢，干吗非要不管不顾独吊在这一根横梁上？怎么就顽固不化到只剩一根斗气的筋了？

这对傻燕子，扑棱棱，扑棱棱，无视阳春美景，从草丛中一次次起飞，斜着个肩膀直直地飞向一个认定的去处，不但撞着风，撞着花香，也撞着一重重的诅咒，仿佛还真的再想撞开一些什么。

这些漂泊的倦客啊，怎么就看不出个眉眼高低？它们到底是从哪个远方飞来的？山一程，水一程，山水相送；风一更，雨一更，风雨兼程。是怎样的难处让它们将此地当成了故园？是望极天涯不见家的疲惫屏蔽了所有痛的知觉吗？

洒在地面的阳光白得耀眼。

我想我是被什么撞着了。因为我鬼使神差地对着那些狂热的笤帚说：燕子是相中咱这儿的风水了，我们一起帮它们搭个窝吧。话音落地，笤帚们乖乖归顺。谁是我们的敌人，谁是我们的朋友，只要看看转眼间阴霾扫尽晴空灿烂的那些个表情，就知道当前这个首要问题其实就是个稀里马虎的拉锯问题。战者只在乎争战的情绪，至于燕子界有没有懂得堪舆的大师，鬼才想知道。

让燕子成为这里的居民，这顺水人情的话好说，可这里是公家的地儿，公家是那么好惹的吗？想想看，一个规模不算小的现代化学校，谈不上富丽堂皇，也该是窗明几净、整洁素雅的吧，你以为燕子是懂装修的啊，弄那么一坨丑巴巴的烂泥在墙上趴着，小孩子都知道难看，上级领导是吃干饭的吗？你当是你家的草庐茅舍啊。

既然燕子搞不了装修，那就能者多劳吧，谁让你是人来着，是人就按人的审美做一场好人好事吧。

我们找来画笔和卡纸，帮燕子设计了一个生态精美的窝。当然，那生态是人家燕子的意思，随心所欲，原汁原味。那精美就有点假，是我们画蛇添足的修饰。不管怎么说，往日单调的楼道横梁上就多了一道别致的景观：数条黄色的枝杈缀满了嫩绿的叶子，叶子与叶子之间镶嵌着一枚果实。醒目，饱满，那便是倦鸟的家。

燕子的江湖上，我们算不算侠士？

空巢，这一个意味深长的留白，挂在了稠密的枝叶间，扑棱棱，两只燕子飞进去画龙点睛，画出了生命的充盈和茂盛。

邻居燕子安居乐业的烟火生活就此开始，并频频出现在小学生们的作文里：开始，是两只燕子住在窝里，后来，一只燕子飞了出去，除了叼食喂饱窝里的燕子，每天就蹲在对面墙壁的电线上休息。再后来，窝里就多出四五颗小小的燕脑袋。窝里的地方盛不下了，燕妈妈也飞了出来，除了给燕宝宝喂食，就和燕爸爸并排蹲在电线上，守护着窝里的宝宝们。这是四年级学生李晶晶的观察文字。

我见过燕子喂食的场面，口衔食物的大燕子一到，小燕子便朝着一个方向纷纷伸长脖子，嘴巴张得大大的，燕妈妈扑扇着翅膀，嘴对嘴挨个儿将口里的食物丢进去，整个过程迅疾、粗糙。我也见过两只燕子并排蹲在电线上望着燕窝的情景，那神态、那眼神常常令我想起我们村的一个鳏夫，那鳏夫年轻时媳妇就离世了，他却苦守着两儿两女四个孩子，一辈子没娶。他白天踩着钟声下地干活，晚上捧着洗好的衣服，坐在火炉前打盹，看看这个孩子，看看那个孩子，炕上一溜小脑袋就是一个完整的家，打几个盹儿天就亮了。那个鳏夫我喊他大爷，温和的性子，温和的眼神。每每看到他袖着手走过，想他一辈子守着四个孩子，每晚守着一个炉子，念着他蜘蛛吐丝似的用满心凄苦编织着家的温暖，我就会产生喊他大娘的冲动。只是不知燕子是否也像人一样打盹儿，它们没有炉子，没有椅子，万一它们挺不住睡着了怎么办，会摔下来吗？

谁也不知道哪一天，燕子的巢空了，燕子飞走了，变成了天空中的一抹，我们再也不是它们的邻居，连我们的城市，我们的大楼都成了它们居高临下视线里的景物，燕子会有记忆吗？如果有，它们会想，哦，那个地方曾经是我们的领地。

燕子的江湖到底比人的江湖大一些，大到什么程度呢？不知会不会大到绕地球一周？如果会，地球在燕子的眼里不过就是一堵环形的墙壁，它们还会看到墙壁上挂满了大大小小、高高低低的巢。那巢，就是人类的家，是我们人的江湖。

夜来风雨声

　　傍晚的时候，村庄里的风忽然带上了湿意，以致拂过身边，也失去了往日的柔滑，感觉有涩涩的东西滞留下来，衣衫有意无意往身上粘。乘凉的人说，雨要来了，风是来报信儿的。坐着的便都坐不住了，闲聊的兴致渐渐消散，望天起身的工夫，魂儿已端坐家中。带水汽的风把人都刮到屋里去了，还把村子刮得黑蒙蒙的。偶尔，有庄户人家的灯光不经意泻出窗外，明灭着乡村的写意。

　　村外，一行行麦茬儿茁壮地留守着收获的痕迹。轰轰烈烈的一场麦收，使臃肿的田野变得瘦了起来，望上去很不习惯。幸好秋作物已经出苗，此刻，正努力向上眼巴巴望着天空。村庄和田野全都匍匐在暗夜，不动声色地等待着一件事。等待中夹着隐隐不安：要是它就不下来呢？要是风把它刮跑了呢？天空的舞台上电闪雷鸣，风风火火地走起了过场。闪电用迅捷的手势在夜空中画符，雷声嘶喊着咒语，天体的威严将夜幕拉开又合上。森然又肃然的仪式过后，雨来了。

　　雨来了，它是风怂恿来的。没有启程之前，它还不是雨，是云，舒卷寂寞的长袖，徘徊在空中。闲闲散散的岁月里，曾望到过红尘中忙忙碌碌的苍生，早将一种向往，深埋在心底。如果不是遇到风，向往终归为向往，可风天生爱起哄，天生爱扇动，因了风，这缱绻天国的美丽幻影，就在尘世实实在在地做了一次雨。借助风力，纤纤白云终究干成了一番大事。

它是为爱而来的，在这寂静夜幕的遮掩下，携着浓浓的情意，急匆匆赶赴大地之约。星月藏起来，草虫躲起来。这位来自天堂的女儿，将满腹心事织成珠帘，诉说给黑夜。当无语凝噎的泪水铺天盖地的时候，天地间顷刻便充满了酣畅淋漓的相思。

雨来了，来得迅猛激烈。那无怨无悔、不可阻挡之势，犹如银河决堤。大地感恩戴德地敞开了胸怀，在它们骤然相触的一刹那，水花四溅，黄尘飞扬，热烈的喧闹中，定然夹杂着狂热的语言表白，但看惯了热闹的人们，听到的也只是热闹。野地里的生灵们，或继续沉醉在自己的梦境，或慌忙地安顿着自己的事情，没有谁会费劲地仔细谛听或诠释那表白的内容。苍茫夜色中，雨与大地缔结为旷世的知音。

天生的痴情，使雨滴不曾料想未来，它们呼朋唤友，兴致勃勃地长途跋涉，有的却误落在人家的漏屋顶上。屋主人用大盆小罐儿厌烦地将它们泼向门外。无措的尴尬中，它们便开始流离失所。它们茫然地寻找自己的伙伴，直到面含羞涩，重新汇入那个群体，谁也认不出它们。

穿越长空的隧道，每滴雨都拥有了自己的人生，自己的故事，但无论经历了什么，一旦落地，就谁也走不出那宽大厚实的胸怀。它们在此蕴藉希望，托生为千万种生命的形式，和生灵们一样，世世代代繁荣和生长着大地的故事，使村庄更像村庄，田野更像田野。

刈麦、刈麦……

《圣经》里说："一粒麦子若不落在地里死了，仍旧是一粒，若是死了，就结出许多子粒来。"

几场热风吹过，田野里的麦子就告别青葱浪漫的风花雪月，急匆匆赶往谢尘圆寂的轮回里去了。

麦子变黄的时节，也是麦子集体为自身壮行的时节，那凛然作别的豪气与决绝，使得整个大地都耀眼起来，金黄压倒了一切、覆盖了一切、主宰了一切，晃得村庄睁也睁不开眼，村子里那些鸡毛蒜皮的日常琐碎被眼前巨大的耀眼逼得遁形、消匿，显眼的，便只剩下挂在墙上的物件：一把把镰。

麦熟，让整个村庄的底气和大气汇集到镰上，与五月一起亢奋。

在季节的河流上，没有哪一处比五月这个截面的水流更为湍急，"麦熟三夏"，这是张口即来的农谚，也是藏在农历深处的神秘箴言和铁律。就那么几天，在盛夏阴雨绵绵的夹缝中，日头毒辣辣白花花地照着，农人们必须把养眼的、遍地摇曳的精神食粮，迅速转化为具有养生功能的物质食粮，麻袋张着口，粮囤张着口，未来的日子张着口。口口相逼，纵然是再懒的农人都不敢耽误。五月的仓皇与急促，白居易在唐朝就看到了："田家少闲月，五月人倍忙。夜来南风起，小麦覆陇黄。妇姑荷箪食，童稚携壶浆。相随饷田去，丁壮在南冈……复有贫妇人，抱子在其旁。右手秉遗穗，左臂悬敝筐……"麦子与镰刀把乡土中国日常独特的家庭生产格局推及到千古传唱的高度。

20世纪并不遥远的年代，作为农家子女，我曾年复一年地重复着白居易《观刈麦》里的劳作。我猜想，从小习惯了在庄稼地里的摸爬滚打，我的同龄者大概和我一样，根本不会产生多么崇高的远大理想，许多人或许多半就是为了摆脱这个月份苦役般的蒸烤弯腰，才会千方百计去寒窗苦读，然后逃离故乡。

在我手握镰刀的时候，乡村里的土地还没有承包到户，大块的田野麦浪滚滚，一望无际。其宏阔壮观的景象很契合当时那个老得掉牙的比喻："在太阳的照耀下，像金色的海洋"，心怀一丝苦涩的浪漫，我曾反复咀嚼这个比喻，使劲地撑开想象的翅膀，享受着那个遥不可及的喻体带来的盲目审美，却又不得不对所面临的本体产生一种惧怕心理，麦子熟了，该放麦假了。乡村的麦假与城里的暑假在季节上相近，但在内涵上有着天壤之别，暑假是城里孩子们纵乐休闲的奢侈时光，而麦假之于乡村孩子来说，则意味着一份奢侈被收回，小小少年要在或十天或半月的短暂假期里回归祖传的那个打着烙印的身份，为家庭、为集体补充苦役。

最快五月镰。其实，早在麦熟之前，农人们便开始惦记起那些已经刀枪入库的镰刀们了，磨磨生锈的刀刃，钉钉松动的刀头，试试风干一年的刀把是否开裂扎手，以亲近镰刀的方式，安抚着大战之前的心里躁动。修整工具的过程也是修整心理的过程，等到开镰那天，所有的担心和不安都化为镰与麦、镰与人之间的亲密默契。

一场完整版的收麦往往需要两处宏大场景的对接，一处是麦地，一处是麦场。麦地里，割麦人在地头一字排开，性急的人问：几行？不用队长发号，随便谁回答一句，两行、三行或四行。割麦是力气活儿，也是技术活儿，弯腰下去，左手一弧是人麦相依，是柔韧，是无所不容的圈护，右手一弧，是所向披靡，是刚硬，是乱麻快刀的淋漓与酣畅。面朝大地的时刻是庄严神圣的时刻，彼一刻，天地静默，唯一的嚓嚓声此起彼伏，它们纷至沓来，是麦子们走向祭坛的脚步；它们当空爆裂，是大地送别英魂的礼花。季节、万物，人的左手和右手总是在无意识的仓皇中表达着一种和谐的悖论。

　　擅长飞针走线的母亲在麦田中也遥遥领先，那独领潮头的场景，像极了她所追求的高调人生。在村子里，母亲是令许多男男女女艳羡的，而艳羡的主要原因则是她竟能在几乎所有的乡村活计中成为领先的模范。那是一个崇尚劳动的年代，"勤劳"一词，是褒奖中国农民使用率最高的一个词汇，也是衡量一方乡俗民风最为基本的一个词汇。

　　一个麦收季节下来，母亲会打磨很多次镰刀，双手也会有很多芒刺，很多划伤。人的伤口、镰的伤口、麦的伤口，一地的伤口在毒辣辣的太阳下被汗水濡湿、浸透，映照着生的艰难。为了按时完成三夏任务，大队常常安排大会战，要求一天或几天拿下多少多少亩，为了按时或超时完成任务，生产队就组织社员连轴转，晚上挑灯碾场，白天割麦拉麦。也就是我拿镰刀的那一年，一个参加三夏会战的回乡女知青，一头栽倒在了麦田里。之前，她刚刚跟我母亲学会割麦；之前，她曾被气急败坏的生产队长训斥说再磨洋工就别想分到口粮；之前，她一直是落在队伍最后面的一个人，是被大伙嘲笑干活最没有架势的一个人。没有人知道她动不动心慌气喘拿不动工具原来不是娇气而是气虚、癫痫。大家赶过来时，趴在麦田里的她依然紧握着那把给她带来羞耻的镰刀。她是想好好表现的，出于自尊，她一遍遍向我母亲讨教着割麦的要领，却最终没有领到那一年的口粮吃到新麦。也是在这一年，我掌心里的麦刺没有及时取出，感染化脓，被吊起了胳膊。还有什么意外的事呢？好多好多吧，多的就成正常了，就被忘记了。

母亲的身后是倒下的麦子——割麦人的身后是倒下的麦子。倒下来的麦子齐刷刷成行，依然壮观。另一拨人远远跟在他们身后，用两把麦子拧一个麦腰，将散开的麦子抱在一起，手提麦腰反方向用力，用膝盖顶着、压着系成圆滚滚的麦个子，等着一辆辆驴车、马车堆成小山似的摇摇晃晃将它们拉走。

最后一拨是小学生，他们系着围裙，扛着篮子开始捡拾落在麦地上的麦穗，为了阻止大家偷懒，老师往往在收工时让大家排队过秤，每天记账，最后汇总，按斤两折算工分。那时候，经常听到的一个词叫"颗粒归仓"，队长向大人们强调，老师们向学生们强调，大人们还向学生们强调。"颗粒归仓"绝不仅仅是嘴上一句强调，若是谁不仔细丢掉了麦穗，跟在后面巡视的老师会吼上半天：谁再粗粗拉拉地丢一穗麦倒扣一斤！低头、弯腰、寻找，拾麦穗的记忆清晰而深刻，在三四十年之后的梦境里偶尔还会相遇一些片段。

至于那些被拉走的麦子，就被置身于另一个场景了。村外空旷的麦场上像被谁画上去似的忽然就长出了高高低低的小山，配上蓝天白云，金黄金黄的，让人视觉新鲜。场庵子、场院、馒头样的麦垛，静物一样安详，让人心生一种回家的踏实，但是，这个貌似村庄的地方却是一个短暂的逗号，经过一番跋涉，麦子最终在这里要经过拆、铺、摊、碾、晒、扬、扫等脱胎换骨的修炼，才能告别旧我，功德圆满。麦子走向新我的涅槃过程，依然是那些被赞誉为勤劳的农人们晒得脱皮、熬红双眼和它们一起完成的。

秋播是麦收的延续，农人们要赶在收割之后最短的时间内把玉米豆类点种到来不及喘息的麦地里，总之，那又是一场场紧锣密鼓的鏖战。

离开田地久了便疏远了麦收，竟不知从什么时候开始，麦田里突然就蹦出了联合收割机，听说，这个庞然大物能将收、脱、扬几道工序的工作一并完成，麦收之时，农人们只需拿着空口袋撑在自家地头，麦粒们便飞瀑跳崖般纷纷入袋，曾经繁忙的收割变得如此简单，想起那些年辛辛苦苦的麦收，遥远得如同一段段神话。

麦子刚刚泛黄的时候，我在郊外曾见过一队队大红色的巨型收割机排着队往东走，往南赶，问及为什么这么心急出动，旁边人说，由于物候的原因麦子都是从南往北、从东到西熟的，机手们把自己的行程和麦子的行程早就计算好了，现在出动走上几天几夜正好赶到那边麦熟，忙完后再往回折，一路麦熟，一路收割，沿线走回来正好赶到自家的麦熟，什么都不耽误。驻足路旁，面对着这蔚为壮观的庞大车队，我默默地行着注目礼，为忘不掉的乡村，为逃不出去的农人们，也为了曾经不堪回首的辛勤岁月。往昔的苦难让我对眼前这个庞大的机械充满了敬意。我骄傲地想，有了这省事省力省工的强大工具，广袤的大地还不掀起连天的碧浪金涛？

前不久我出城返乡，走过一处处村野，竟没有看到许多年前司空见惯的无垠麦浪，一片片土地被大量闲置，回到村里我疑惑地询问村人：不是有收割机吗？不是解放了劳动力吗？他们很不在乎地说，种子多少钱？一遍遍浇水电费多少钱？买农药上化肥多少钱？种麦还不如买麦呢。我无不担忧地说：哪来钱买麦呢？他们轻松地笑着：那还叫个事儿？出外打工啊，总之，各有各的门路。

纵观现在的乡村，确实各有各的门路，也各有各的活法，它们是松散的，也是开放的，村子里有饭店、麻将馆、台球厅、网吧游戏厅，发型奇怪的年轻人哼着潮歌穿着潮装进进出出，村子的树荫下，打扮入时的年轻媳妇，整个下午打着麻将，孩子们在周围凑着热闹跑来跑去，接受着人之初最直接的熏陶。那些向着地里走去的，依然还有，只是很少，有的是步履缓慢的老人，有的是捂着厚衣的病人，有的是风风火火的女人，偶尔也有个把青壮年，村外空旷的背景上他们的身影孤单而弱小，他们都是没有能力外出的人吗？不知为什么，我就想到了那些搁置已久的镰刀，那些锈迹斑斑将要变成文物的镰刀，一阵寂寞袭来，差点将眼泪撞出来。

与书缠绵

或晨曦微露，或晚霞初燃，我总愿意端坐于窗前，捧一卷书在手，兰指轻翻。流年在不经意间走过，文字的美丽早已浸染了一重重柴米油盐的烟火日子。

生活终归是一场匆忙的行走，纸面上的逗留，竟让粗糙的人生凝结出镂花般的浪漫。

读唐诗宋词，吟汉赋元曲，几缕情思，垂钓万古闲愁，一唱三叹的平仄抑扬里，早已醉得不知谁是诗词，谁是歌赋，谁是高亢凄婉、余音绕梁的那一段唱念做打。

观纸上春秋，见圣贤智者翩翩而来。墨子说："志不强者智不达。"荀子说："锲而舍之，朽木不折；锲而不舍，金石可镂。"庄子说："天地有大美而不言，四时有明法而不议，万物有成理而不说。"庄子说："吾生也有涯，而知也无涯。"煌煌经典穿插于人生的河流，凝固为点石成金的航标。

读一读张爱玲，抚一抚人世间的情长恨短；读一读萧红，品一品生死场上的秋凉春暖；读一读刘亮程，静心触摸一下来自草根的哲思；读一读余秋雨，站在现实的土地上瞄几眼历史的长相。

读读书。喜好读书的人，何处不是读书处？名利场中，择一角落，藏几本书于腋下，留一丝情愁，享一丝清欢，听一次陶陶然、欣欣然逾规越矩的心跳！

读书是一场场心灵的安抚，尽情尽兴地演绎着生活中永不可抵的另一个自我；读书是一次次自我提升，无时无刻不在体悟鲜活世界的投影折射；读书是人生途中的一次次预热，那些经典，一旦注入心湖，便酿制出滋养自身的琼浆玉露；读书更是一种心灵的放飞，站在书外，静观书中的悲欢离合，阴晴圆缺，便成了指点江山的那一个。感觉自己有多强大，书中的天地就会变得多渺小，一书入掌，一个世界的精彩便纷纷入怀。

因此，便不在意多么富有或多么落魄，一生一世唯愿厮守这样的生活：与书缠绵。当然，要有晨辉、有夕照，还要有饭香、有烟火……

在俗世修行，让尘埃开花

15 年前，在邯郸文联组织的沙龙活动中，离乡多年的我邂逅了同乡魏红梅，一路相处，我们从文友发展为挚友，红梅说，这是缘；我说，这是磁场现象。

我眼中的红梅心善，悲天悯人，同情弱者；语善，清静内敛，言辞谦和；行善，广布厚施，遍结善缘。我俩的年龄不同，性格不同，生活轨迹不同，这么多年能坚守一份真挚的情谊，让我确信人是有能量场的，同级能量的人相互吸引，彼此滋养，故而，不管在什么状态下都能产生同频共振。

梁实秋说："一个人便有一个散文。"意思是说个体的经验、个体的故事、个体的气质成就一篇个性的散文。

红梅的散文向上向善，朴实优雅，字里行间无不透射着她的精神气度，她的散文集是她展示给生活的一个精神世界，也是生活赠予她的一枚善果。她立足于真实的生活，从丰厚的积淀中选择物质材料，从平常心出发，写真事，抒真情，将满心的真诚奉献给读者。她长于叙事，善用写实的笔法，从容大度，娓娓道来，看上去朴素、本分、亲切、舒心、随缘任远，轻松自然，将真实叙事发挥到极致，让人体会到散文的本色之美，纯真之美。

她的亲情散文居多，其中《回家的梧桐树》堪称这类散文的代表作，文章构思巧妙，以家中一棵梧桐树为主线，通过伤树、惜树、护树、卖树、买回树的情节，写父辈的人生命运，呈现底层渺小人群生存的艰辛和创伤的记忆。其中的细节描写催人泪下，如父亲的话："梧桐树长得快，成熟就能变成现钱，要不咱家从哪儿得进项啊！""不到万不得已不能卖树，我们以后用钱的地方多着呢！"他们举全家之力爱护着梧桐树，守候着全家生存的希望，那种艰难无望中的微弱期盼，令人不忍卒读。他们的家境是贫困的，但日子却是温馨的，父亲以他能有的方式爱着孩子们。"北风刮了一夜，凄厉的寒风飞扬着鹅毛大雪，父亲的胡子上全是冰碴儿。""爹脱掉衣服光着上身暖着十岁的大弟弟"，"爹用水泥板给孩子们搭建乒乓球案子"。正是有了大量事实描写，才使得梧桐树的回家充满了悲剧色彩，而最后一句"回家的梧桐树，这次跟着父亲一走，就再也不能回家了"，将自己对亲人的沉痛追思，隐藏在一棵树的永远消失之后，意犹未尽，让绵绵的思念更加绵长。

红梅近期的散文有了变化，正在由叙事化向理趣化转移。她从生活中感悟哲理，在闲笔中凸现趣味，并注意了各种语言的兼容并蓄，文言的，方言的，网络的，欧化的，反衬在常用的文字背景之中，使语法变化多姿多彩、立体多面，语言弹性加大，使文笔更加生动悦目。

这类文章的代表作，我以为是《禅·妖》，她聚焦身边的细节，注意日常的精神发现，由墙上的两幅字说开去，调动各种感觉经验，化实为虚，化虚为实，信马由缰，神思跳跃，从身体到心灵，由现实到梦幻，将个人困境植入其中，融感性理性于一体，将日常生活中的万般芜杂一地琐碎条分缕析地纳入禅与妖的归属之中，将眼前之象化为心中之象，再化为文本之象，从而悟出："佛性，人性，禅定，妖气，轮回度换，人苦则万事苦，心欢则万事欢"，"你想那个妖，妖气便在心里横行，你想那个禅，便心定清静，心定则一定清静，心有则万事纵横"，论证的是生活的心态，最后"满屋子的书与字皆在说法，道不尽的万千苦事，说不尽的悲欢离合，到头来都归于一缕青烟，一片黄土，安然沉寂"。道出的是人的宿命，生的规律。

红梅的写作给了我启示，我想人生路不是坦途，我们的日常就埋在琐琐碎碎的红尘凡事之中，生活本身就是道场，即使你志存高远，心怀远方，你也得走出眼前的九九八十一难，走出大难小难的过程就是自我修炼的过程，其中的酸甜苦辣，千头万绪都是写作的素材，如何让日常琐碎的细枝末节触摸心田，抵达自己的灵魂，这是一种艺术，更是一种境界，它需要我们远离功利喧嚣，静心自修体悟，悟透了就写好了，写好了也就活明白了，这样越活越通透，越澄明，写作自然就成了烹小鲜的事情了，我们的人生也就活出品质了。

网络上曾流行一句话，大概意思是说，不管你遇见什么样的人都是对的，这个人的出现一定是在教会你一些什么，我想红梅之于我不仅限于此，她的出现对我有着特殊的意义，她是我这个游子在频频回望故乡时的一抹原色，也是我在打量这个薄凉世界时能够看到的一抹暖色。

感谢遇见。

壮士一去两千年

刚踏上广袤旷远的大秦故土，就莫名其妙地被一种神力召唤着，急不可耐地去拜见兵马俑。

一片断瓦残垣，穿上了富丽堂皇的现代化新衣，一页发黄的秦史，便显现出流光溢彩的魅力。经过楚军冲天大火的洗礼，兵马俑舔血抚痕、厉兵秣马后，终于走出了黄土，熠熠生辉地复活在民族大一统的背景之上。恍惚间，鼓角无声，大地缄言，战歌歇，金戈停，铁马息，硝烟渐散，血雨腥风之后，古战场挺立起千古的惊叹。

残阳如血浴大旗，战马嘶鸣风萧萧。看哪，膘肥体壮的马，精致华美的车，强壮有力的兵浩浩荡荡从公元前出发，穿过历朝历代的关隘，走得风尘仆仆，兢兢业业，一直走到现在。而今，正沧海桑田地接受后人的检阅。让人心动地猜想，他们是沉默已久的血肉之躯，黄土屋里就有白发父母，阡陌垄上就有弱妻稚子。出发的前夜，遥望生死未卜的前方，遥想难于重逢的未来，一家人是怎样撕心裂肺告别的？跪地叩头了吗？抱头痛哭了吗？一步三回头了吗？去路遥遥，生死茫茫，这颗头，就系在刀尖儿上了。醉卧沙场君莫笑，古来征战几人回，当他们踏上艰难的征战之路，内心会掀起怎样的波澜？身处群雄逐鹿、穷兵黩武的乱世，感叹过身不由己吗？这些农家的子弟啊，他们打马征战有过自己的理想吗？是想尽赤子之心，为家人免除一份劳役，还是想尽匹夫之责，替皇帝征得几分厚土？他们凭借什么力量，经过怎样痛苦的心理蜕变，才割断了从前那片黄土地和红高粱的记忆，用那双扶犁握锄的手，向同类挥舞起剑戟？

曾经，他们厮杀得天昏地暗，血流成河，他们的骁勇善战，震惊天下，已载入史册。然而，没有人朝拜他们，大厅之内没设香炉，没置祭坛，甚至没有那种虔诚的气氛。世人的眼里，他们只是一群俑。他们是汇集在历史长河中的滴滴水珠，被时代的大潮裹挟着，随波逐流，虽以其浩瀚，卷起千堆雪的浪头，定格出光辉灿烂的一瞬，但历史辉煌的，是那些制造巨澜的巨人们，俑们则无声无息，悄悄流逝了。

人很聪明，懂得背靠大树。树之大，在于目不能见，因此，神仙佛道，大得无处不在，法力无边。借得法力可呼风唤雨，求富贵功名，保顺利平安，不能拜俑，俑是孤魂野鬼。古往今来，青山处处埋忠骨，数数无边荒野，无名坟头，无字碑有多少，敬得过来吗？

俑们无视世间冷暖，自顾把扫六合的威风，演绎得津津有味。是的，秦曾显赫一时，有坚固的城池，巍峨的宫殿，但时间将一切都化作了尘土。俑们在尘土下站了 2000 余年，终于站成了标本。时间赋予了它们价值，白皮肤，黄皮肤，黑皮肤，无数人千里万里赶来，是想看一个民族真实的昨天。俑们以堂堂男儿之躯，构筑了华夏民族昨日的强者风貌。

时光如尘，千年万年聚集成坚硬的地壳，把所有的朝代都深埋在地下，唯有代代相承的珍贵精神如绿色植物，千年万年百折不挠。站如松的俑和非俑们，默默无闻汇成群体，世世代代用血肉之躯，撑起泱泱大国的尊严，使浩然之气从古至今回荡在天地之间。

然而，即使我们豪情万丈，也不得不承认，战争不仅是精神的，它更是物质的。没有雄厚的国力，秦能凌驾于六国之上吗？假如有了现代化武器装备，清朝何惧洋枪洋炮，饱受割地赔款之辱？现代战争已演变成高科技的较量，失去理性的人们越来越浮躁，地球的上空不早就杀气腾腾了吗？仅靠死而后已，是抵挡不了导弹原子弹的。隔岸放火，殃及池鱼，人为的灾难阴影，正笼罩着地球和人类，人性呼唤战争走开，军队走开。这是不是渴望和平的人们，不拜兵俑的真正原因呢？

第三辑　卧向白云情未尽

比如江湖

采菊东篱，没有南山，只见悠悠雾霾。

篱笆没扎在旷野平畴，不是不想，而是不能。周围一座座高楼林立，迂回包抄，我等深困其中，无法突围，也懒得突围。

人很挤，需要场地，校园却不大，到处是捉襟见肘的青砖水泥地。憋得太久就想发泄，正好因课题需要建一个功能园，于是，在墙角荒凉之处辟得一园子，让人和大地都在此喘喘气。

墙角左边有棵合欢树，好大的树冠，春天一到满树红云，只开花不结果；墙角右边有棵柿子树，枝干遒劲，不见柿子花，却在每个秋天挂满红灯笼一样的甜柿子。两棵树互不照面本无瓜葛，结果让园子一闹腾，便碰撞出一个应景的词儿——好了，园子就叫春华秋实园了。再琢磨一下寓意，往形而上靠靠，呵，简直是天意，浑然天成呢。单是听，就觉出了青春、朝气，滋生着跃跃欲试的向往。

自然，这园子也耐看，甚至谈得上精美。墙上晕染造势，笔墨极俭省，草坡、老牛、牧童，一派"牧童骑黄牛，歌声振林樾"的田园牧歌气息。墙角延线处镶嵌了一个中国版图形状的水池，里面清水涟涟，超然物外的红鲤鱼摇须摆尾逍遥于各省之间。池边是两棵碎石铺就的大树造型，一棵伸向春华园，一棵伸向秋实园。标注着二十四节气的树杈，将地块均匀分成十二等份，里面种玉米、红薯，也种马兰、玉簪、金针、薄荷，还有那些清明啊、谷雨啊、夏至啊、秋分啊，热情得很，稀里糊涂就将园子忽悠进农历的江湖中，小孩子穿行其间，指指点点，一不小心就沾惹上古典文化的汁液，洗也洗不掉。

下课的时候，园子里到处是呼啸的孩子，玩水的，看鱼的，认草的，赏花的，追逐的，嬉闹的，满是生机，上课铃一响，呼啦啦一阵风，园子就静了下来，这时候，就只剩一个怯生生的小女孩，如同大风过后落下的一片树叶，飘飘忽忽地在园子里转悠。

开始我很生气，隔着窗户居高临下喊上几声，看着她惊慌失措、跌跌撞撞往教室跑。后来，她脑后就像长了眼睛，只要我一探头，她拔脚就溜。

刚入学的时候，老师们发现了她的智障，上课不听课，下课独自玩不进教室。老师们怕她心智不清，惹出事端，一上课，总要差人满院子寻找，天天如此，难免心烦，就纷纷求救于我，我领会了众老师的精神，劝转。惴惴地请来家长，将精神揉碎稀释调制得面目全非，并告诉他们附近就有不错的培智学校。花言巧语诱导半天，家长紧咬牙关愣是汤水不进。无奈，只好把精神又原封不动还给了众老师。

学校里人多，犄角旮旯也多，不去留意，平时还真见不到她，时间久了，早淡忘了。幸亏这园子就在我的楼下，自打有了这园子，只要我探出头，准能看得到她。她翻动花叶，静静地看花，看蜗牛，看蚯蚓，也看嬉戏的人群。有时候，她看着水池里的鱼，兀自手舞足蹈地拍起巴掌。

相安的日子没过多久她就惹出了麻烦，有个课间，她将一个高年级男生推进了水池里。那男生抖着湿淋淋的衣裤，像夺翅的公鸡冲着她扑过去，在一年级精豆们"打架了，打架了"的呼喊声中，我和她的班主任同时赶到了现场。看到我，她没有丝毫的怯意，而且还有些理直气壮：

"他，摘花；他，抓鱼。"我一听，她不傻啊，什么时候学会了据理力争？校规里是规定不许摘花抓鱼，可她犯不着这样啊。我批评的话还没开口，刚才还一脸怒气的班主任听到这扑哧笑了："我封了她个园长，这些花草虫鱼可是她的朋友。"怪不得她天天守着园子。我一边安慰地摸着她的头，一边朝着那个男生开着玩笑说："知道吗？你毁坏了她的江湖。"

班主任换了一副师道尊严的表情：做园长可不能打人。

我配合班主任，煞有介事地告诉她，今天她推人也是违纪，花花草草不喜欢这样的园长，如果能保证今后好好上课，像爱园子一样爱护同学，这园子里的花草会很愿意做她的朋友。女孩子恍然大悟地点着头：能、能。她的点头还真算数，从那以后，她真成了遵守纪律的人。

课题结题的时候，备档案需要配照片，一拨拨学生手捧玉米、红薯、花生在园子里摆各种造型，她突然变得兴奋，不知深浅，时不时闯入镜头，惹得摄影师气急败坏地冲着她吵嚷。看到她又羡慕又惊恐的样子，我才意识到把她忽略了。也是，很久以来她亲热着这园子，爱花护草，都快成这里的一株植物了，她才是功臣呢。我要过相机朝她举了起来，她瞄一眼镜头和我，慌着就要退出，我对她喊，园长必须照。她兴高采烈起来，指着满园的花花草草说，照上。往下一蹲，花和草马上簇拥了她，我又一次举起了相机，一、二、三，画面上，她歪着脑袋与满园锦绣相依相偎，笑得纯净、憨实。花草知人心，这乖乖顺顺的草木江湖，真的是她的江湖。

风过四季，园子里的生命由春华走向了秋实，人生又何尝不是这样呢？即使短暂，即使卑微，即使不堪到零落成泥。

走过春华，她的秋实变成了微笑，变成了我们的秋实。

其实，所谓江湖只不过是一个虚幻的壳，一件迷人的外衣，包裹在里面的性情、心性才是可以轮回为美好的那一枚核。她在园子这个假设的江湖中找到了自己的那份美好。那么，人生处处皆江湖，我们的美好又是什么呢？

落叶萧萧花未凋

人说，一方水土养育一方人。其实，一方人也滋养一方水土，这互惠互利的辩证关系就如同武安伯延之于其属地中的徐、房两家。伯延是武安的一个古镇，徐、房两家是古镇上曾经显赫一时的两个家族。这两家，犹如故园深处的两朵并蒂莲，悄然绽放在岁月的汪洋之中，交相辉映，竞相媲美，以大院的延展方式，表达着它们超越时空的生命存在。

那朵明丽典雅、落落大方的莲，当数徐家。

站在徐家的大门外，抬眼一望便可通览到门内渐趋升高的4个院落，那景象，通达开阔，一脉贯通，拢起满院步步高升的祥瑞之气！

徐家大院形成于乾隆年间的中后期，据说整座庄园有大小院落13座，房屋398间。而目前映入我眼帘的仅仅只是一座庭院深深的4套院和与院落比肩并列的长长跑马道。4套院落虚虚实实共有9道门，它们笔直地排列在南北长80米的中轴线上，一直通向纵深处。从外看，9套门楣渐次错落、层层套叠，如同欲开未开的精美折扇。这情形便是建筑学上被人津津乐道尊为上品的"九门相照"。

院子里的那些青石、青砖、木窗、木门上的砖雕、木雕，本是大大小小天南地北大院的共同特色，但与众不同的是，徐家的每个院落、每扇门窗都依据功能的不同，恰如其分地彰显了与之相宜的教育文化，这种形为物赋的着意装饰，令人不由得情由景生。所以，此大院非彼大院，这一砖一木，一门一窗，由于被情志所托，便附加了居住以外的另一种意义，这意义一旦被容纳，就足以形成峭拔于南派、北派各种大院之上，独属徐家的内在气质了。

正门上的"诗礼传家"，应该是徐家人力图摒弃铜臭之熏，高蹈于北方众财主之上的风雅姿态，表达着一个家族生存之外的精神向往，其他如"瑞气云集""紫气东来"，又传递出身为黎民苍生的伯延土著，入乡随俗祈福于天地神灵的敬畏心理。徐家每座院落的门楼上，都雕刻着不同寓意的匾额、彩绘，精美处纷繁喧闹，简约处了然生趣。那些砖啊、石啊、木啊，经了这一雕，就像蔫了许久的植物遇到了一阵飘飘忽忽的细雨，纷纷活泛了起来。

老宅的第一个院落，是徐家子孙读书学习的地方，相当于书房屋，门楼正中雕刻着四个遒劲的大字："以德为邻"。门两侧是一副对联："淡泊以明志；宁静而致远。"读书人诗意的胸襟让人不由得就联想到正门上的"诗礼传家"。这样，走过一道院就如同走过一个长长的破折号，诗礼传家是形式，是表象，如同盛开如莲的字谜，而淡泊宁静才是抵达，是境界，是千修百炼凝结如莲子的谜底，这是一段美妙的旅程，多少人有意无意穿越了它。

院落的每个窗户上，都雕刻着教育子孙的警句格言。东房是修业、进德；西房是敦厚、崇礼；北房是广大精微，存养省察。除正理警句之外，窗户上满是形象的雕刻："鲤鱼跳龙门""喜鹊登梅""五子登科""孟母三迁"，对这些建筑以外的、铺天盖地的信号群感受得多了，就觉得这里已经不是个大院，而是一本泛着毛边的教科书了，是图文并茂的教科书，是充满儒家色彩的教科书。没有工夫考证他们的子孙具体师从何人，博览何书，精通于何家之说，心想，单靠这目不暇接、足以让蓬荜生辉的传统经典天天的耳濡目染，就是一种身心的洗礼。有了这样的穿行，一代接一代，徐家怎能不人才辈出呢？

跨出高高厚厚的木质门槛，回望青石与青砖砌成的拱券式门楼，恍惚间就痴化为古镇上一介不谙世故的布衣，好奇几分，艳羡几分，还有妒意几分，木愣愣站在清末民初的街道，看那些貂裘皮衣、绫罗绸缎、青衫礼帽、绣花鞋、文明棍怎样从折扇中翩然而出，又怎样悠然地迈过实木门槛，步下青石台阶，留下一路的风流倜傥、绝代风华……呵呵，一个白日梦就飘到了民国。

那朵婉约精密、内敛抱朴的莲定然是属于房家的。

与徐家大院的大气开放不同，房家大院是城堡式建筑。一条南北走向的"西大房家过道"街道和两条东北走向的"北房家过道""南房家过道"胡同，把房家院落分为"品"字形三片，以街道为界，街道以西是西宅区，北房家过道两侧是老宅区，南房家过道是书斋区，西大房家过道的南端和北端，建有两个高大门楼，俗称南大门和北大门，两门之间有一节孝牌坊，不管哪个大院的人，只要进出，就得经过西大房家过道。两座大门，是这庄园的必经之路。

一座大院的筹建，几乎耗尽了房家主人房锦云的万般心思：曲折幽深的院落，斗折蛇行；高大厚实的墙壁，机关重重。胡同尽头的影壁墙是一整块的青石雕刻，人物、动物、植物，戏剧、神话、传说，凡属中国元素的经典文化符号，几乎全部囊括于此。指指画画时，我看到上方的松枝间对称着两个圆孔，他们说那是射击孔，原来被两朵凸出的青石松花巧妙遮掩，后来由于缺乏保护丢失了。听说影壁后面是一个暗道，出于好奇，我便从另一个院落的门房踏着木梯钻进了夹墙，几下几上，几个拐弯，便到了影壁墙之后，从外看两个射击孔只有核桃大小，从里看孔后却是两个大方洞，墙体很厚，越往外洞口越小，小到枪管粗细。这样的设计大概是为了方便、隐蔽、聚焦。

站在墙后，我试着通过两个射击孔朝外张望，整个胡同便尽收眼底。我看到了刚才和我一起看墙的同伴还在兴奋地指指画画，喊上几声，他们无论如何也看不到我的人影。目光居高临下地越过他们的头顶，我看到了洞口像枪口一样，直直地对着胡同口的大门！

除了射击孔之外，宽宽松松的夹墙里还有瞭望孔、防潮孔，但一切都被各种艺术浮雕或生活景象巧妙掩饰了，比如胡同侧壁上的防潮孔竖着立柱，从外看简直就是地地道道的拴马桩，至于内部机关，外人很难洞察丝毫。隐身于暗道，我禁不住猜想，身处乱世之中，这种过于缜密的防御之术，埋藏着一个书斋之人多少的隐忧和愁思呢？是什么样的敏感让他处处提防着这个光怪陆离的外部世界？

随着人流游走于墙里墙外，楼上楼下，穿行于一波三折的院落，心头就泛起一抹曲径通幽，禅房花深的神秘涟漪，在房家的读书院，我竟情不自禁地收起了匆忙的步履，轻轻，再放轻，深怕惊扰了那些专心致志调素琴、阅金经的房家子弟。可是，门倾屋塌，高台上那张精美的雕花桌，残破得再也托不起一卷线装书，两尊寂寞的雕花凳形如腰鼓，虽姿色尚存，但经年累月没了主人的眷顾，尽管风华犹在，也只能是装饰旧梦了。昔日书声琅琅的读书房早已声断音绝，荒芜的时光中，空留着阶上苔痕自在绿，入帘草色任意青了。

在伯延，在武安，甚至在整个北方，房家都当得起书香门第的称号。在倾塌潦倒的读书房旁边，有一座藏书楼，那是房家自己的藏书之地。楼体高大，里面全是木质结构，据说当年为防潮防蛀，朝阳开了两扇窗户，墙壁全用丝绢装裱，楼上楼下全是图书。楼中藏书之多，没有具体数字，但人们都知道，武安图书馆最早的图书全部来自这座藏书楼。

房锦云是个开明人士，他不但自己饱读诗书满腹学问，同时也十分重视对子弟和乡民的教化。三子房德三曾留学美国，毕业后在北大任教。当时，北大修建教学楼资金欠缺，被迫停工，房锦云听说后慷慨相助，使教学楼如期竣工。有感于房家的功德，1918 年，北大校长蔡元培亲笔题字"育我菁莪"，送给了房家。几经辗转，如今这幅题字已被安放在伯延小学的正墙上。乡民们将这块匾额赋予了新的意义，因为最早的伯延小学就是房家联合徐家共建的。近百年来，从伯延小学里走出了许多名贯中华的作家、画家、将军，他们从故园出发，走得步履铿锵。"育我菁莪"是乡民的自豪，是乡民的感念，更是乡民崇学重教的自然觉醒。而这一切的一切皆源于徐、房两家。

满眼的富贵荣华只是一场轰轰烈烈的花事，当大院的建筑在飘摇的风雨中站成了残荷，所有纷繁的旧梦便都被摧枯拉朽的时光带到了远处。该消失的消失了，该散发的散发了，但有些东西就沉淀下来，透着余香。我看过许多大院，感叹之余总有好奇：他们的后人在哪？讲解者多以"都在海外"敷衍概之。这次是个例外，因为从一开始，徐、房两家的后人就一直以当事人的身份跟随着参观的团队。徐家后人曾将画在白布上的族谱高傲地举起让人拍照，并不时更正讲解员的讲解，当大家参观房家功德碑的时候，房家那个五六十岁的老人边读文言文，边用白话文解释。于是，我们知道了大旱年间，房家开仓放粥，救活了村中 500 多个百姓。我注意到，说起这些的时候，老人手臂颤抖，泪光闪现，是骄傲？是敬佩？是缅怀？抑或是委屈？他的农民装束和文雅谈吐让我联想到一副很守本分、很有儒风的经典对联：一等人忠诚孝子；两件事读书耕田。这不是家财万贯却又能一掷千金的房家家族当年的一种价值追求吗？穿越百年，这个读书的耕田者或者说耕田的读书者，依然在沿袭践行着这种价值追求，同样，一介穿越百年犹能令后代子孙心潮澎湃的前辈，他该有着怎样的功德和功德之后不为人所知的悲怆故事？

作为遗产，徐、房两家大院是物质的，有形的，但从徐家后人高举的族谱里，从房家后人无语的泪光里，我分明读到了另一种无形的遗产。它属于徐、房家族，也属于伯延故土，它卑微，匍匐于大地之上，滋养根须、蜿蜒茎叶；它高贵，在岁月的长河中栉风沐雨潜心修炼，终于圆满成两朵丰硕之莲。

一个时代走远了，一些物质跟着凋敝了，荒凉走过的地方，两朵精神之莲永远缤纷着。

看看我的眼睛

在上下学的队列里，李新竹普通得像青青麦田里抽出的一枚麦穗，晃动在青涩的汪洋中，找都不容易找见。而某一天，当她母亲将她揿进我办公室的一刹那，这个六年级的女生一下子就晃了我的眼，她长得太出众了，微卷的短发，精致的五官，婷婷的身材，翘趄中像是一杆风中的新竹。

像她一样漂亮的母亲是她不得已请过来的。请家长的理由有点难以启齿：她逃了学。关键不是她的逃学，她还一夜没回家。关键也不是她一夜没回家，是她竟然住在一个外校男生家。

这问题就显得有点严重。

班主任几次通知她父母，她母亲说，找他爸吧；她父亲说，找她妈吧。在经历了震惊、愤怒、失望的一番折腾之后，班主任情绪有点失控，赌气就让李新竹回了家。

李新竹有三个家，但没有一个是真正的家。父亲有房，养着一个女人；母亲有房，养着一个男人。她经常和老得糊涂的爷爷住在一起。没有监护人的日子是自由的，她像只蜻蜓似的在三个家之间点来点去，点到哪里都碍事，就索性一拍翅膀点了出去。

那一夜的事，我只字未提，只是当着她母亲的面告诉她女孩子有很长很长的人生路要走，在很长很长的人生路上，要懂得爱惜自己，活得像花一样美，露一样纯。

李新竹很敏感："您也不相信我吗？如果您实在不相信……"她想了一下，继续说，"那就看看我的眼睛。"

她一双清纯的大眼睛勇敢地盯住了我。

"你是想寻找温暖吗？"我不得不停止说教，回到我想绕而又绕不过去的话题里。李新竹低下了头。

这是一个急需心理辅导和感情滋养的孩子，否则长期的精神断乳，很可能会让她畸形发展下去。我打算与她父母和老师深谈一次，同时让她每周一来找我一趟，谈谈学习情况。其实，不只是为了谈，重要的是让她能体会到一种关注。李新竹的脸上有了笑容。

事情的发展很随人意，李新竹几乎在每周一都有好消息讲给我听，一片释然中我也不断给她鼓励。

我似乎每天都很忙，忙着各种各样的事务，忙着开会，忙着检查评比，忙着花样翻新层出不穷的活动，忙着轰轰烈烈风光无限的现场会。我与李新竹的相遇越来越少，渐渐地，我已忘记周一那个约定，以致有一天她站在我门外，我诧异地问了一句："有事吗？"她一愣，我才意识到怎么回事，赶紧问了一句："最近好不好？"这句补充像一块显眼的补丁在凸显着尴尬，她一定能感觉到那种敷衍的虚假。

我继续忙碌着。

一直到李新竹毕业，我再没有单独见到她，偶尔有约见她的念头，便很快被新的事务所覆盖。

暑假里，各中学的录取通知书雪片一样飞来，白花花摊满了传达室的桌子，每天都有人来取。最后只剩孤零零一片，名字非常熟悉——李新竹，是一所还算差不多的中学发来的。我让班主任通知她父母，怎么也联系不上，班主任只好亲自送到她爷爷家。她爷爷说李新竹出去打工好长时间了，走时留了字条给父母，说不要找她。她父母还是找了，只是没找到。

一个十五六岁的女孩，没有一点阅历，没有一技之长，能找到什么工作？我的心揪了起来。

我依然在忙碌，我不知道我的忙碌与李新竹和"李新竹"们的关联有多大。但是，我又摆脱不了这种忙碌。因为许多人都在这样忙碌着，推着你，携着我，由不得你停下来。

我常想：假如我用足够的时间和耐心不折不扣去履行那个约定，让那个约定完美起来，事情会不会是另外一种结果？

我现在只有期待，期待着在某一天，某一个周一，李新竹会突然出现，然后用她那双纯净的大眼睛定定地提醒我：看看我的眼睛。

诳花

英大娘吊死在石榴树的消息，长了翅膀似的在村庄里扑扇了几下，那些有关她的沉淀多年的旧事便浮了出来。

这个沉默得几乎被人忘却的女人，大概有些累、有些倦了，在她人生尽头的某一个长长的冬夜，她将头发梳得光亮，黑衣裤穿得齐齐整整，甚至连白袜子上面的绑腿都打得一丝不苟。她选择了自己满意的一种谢幕方式走了，走得没留下任何响动，仿佛每一次回娘家一样。她习惯单独上路。

一

英大娘与我家同住一条老巷，巷子不宽也不长，名曰南古道。整条巷子里的房子全是老辈人传下来的，很不起眼。只有她家的房子带出厦门楼、青石门墩。她家的院子很深，一道隔墙两扇门将其分成前后两进。后院有影壁墙挡着看不出究竟，前院长着一棵蹿到房檐的石榴树。

小孩子一般不串生门，走进那院，完全是因为那棵开得火红，红得热闹的石榴树。

　　我们村有一个不知是哪朝哪代流传下来的规矩，每年端午节的早晨，村子里的小姑娘要赶在日出之前戴上百家花。谁的花样越多，谁的福气越大。于是，便应了那句话：年年花相似，岁岁人不同。每年的这一天，一拨拨花脑袋在街头巷尾晃来晃去自由组合，闹得村庄霎时间就变成了一个个万花筒。这一景观非常短暂，短暂得让人感觉是一场梦幻。因为太阳一出，那花儿就得摘掉，如果有谁还戴在头上，就会显出十二分的傻气。

　　那打扮自己的各色鲜花，需要女孩儿走门串户自己去讨，"百家花"嘛！讨花，不能太早，太早就蔫了；也不能太晚，太晚赶不上趟。端午节前一天的傍晚，是讨花的最好时刻，也是我们最快乐、最张扬的时刻——毕竟不是每个人都有讨花资格的。我们叽叽喳喳如同一群翩翩起飞的喜鹊，走东串西，热闹了百家。一束鲜花在手，谁家宅院好，谁家主人好，我们已心如明镜。那些懂事早的说不定还会在忽然之间萌动某种想法呢！

　　英大娘家的石榴树，不知长了多少年了，我们觉得它简直成精了。艳红艳红的花，油绿油绿的叶，几乎覆盖了半个院子，烘托着一派喜庆，但总是懒得不结果，每年枉开一树繁花，村里人称这种花为诳花。我们不在乎是什么花，每年都上门去讨。她那个凹勾脸、大鼻子、秃头顶的丑男人每年都龇着牙，笑嘻嘻地为我们摘花，给得很是大方。以至于提起英大娘这个人，我最初的记忆并不是她本人，而是那开得疯狂的火红石榴花和花下那个龇牙咧嘴的丑男人。

二

　　住在深宅大院里的英大娘很少与人来往，加上不属于一个生产队，我几乎没有见过她，也许见过，但从来没有在意过。偶然的一件事，使她突然与我家有了来往，我才开始喊她英大娘。

　　英大娘细眉大眼，肤色白净，只是从未开怀生养。她的儿子是从小抱养的。为了让儿子顶门立户，英大娘早早就给他说好了一门亲。盼来盼去终于盼到成婚的年龄了，女方却有了退亲之意，因不好开口，就以频频索要高价彩礼为借口，逼英大娘就范。明知是计，英大娘只能硬撑。那边要什么，她这边给什么。一来二去就将故事推到高潮部分。事情卡在了一台缝纫机上。缝纫机在当时是国家控购商品，别说英大娘，村支书都弄不到手。陷入困境的英大娘受到女方亲戚的百般奚落。英大娘觉得颜面丢尽了，委屈憋在肚子里，只会一巴掌一巴掌扇自己的脸。脸肿了，头乱了，眼神直了。母亲听说后就把我当经理的父亲好不容易买来的新缝纫机送了过去，并出面摆平了这件事，很让英大娘扬眉吐气。后来，母亲就让我喊常来家里串门的她为"英大娘"。"英大娘"这个词汇就成了我在不同场合对她的固定称谓。

　　英大娘的到来，往往给我们家增添一种非常亲和的家常气息。我经常看到这样的画面，母亲坐在炕沿上，隔着锅盖缝隙间冒出的蒸汽面对着英大娘，英大娘坐在炉台，胳膊肘架在炕沿上仰望着母亲。散发着小米饭香味的湿气裹挟着她们稠稠的话语，在房间里绵绵不断地弥漫。从中，我细品到潺潺流动的乡村岁月，以及岁月溅起的飞扬思绪。听不懂她们说些什么，但看得出那是一种彻心彻肺的交流。

三

英大娘频频出入我家，引来了各种闲话。有人直接给母亲开玩笑："当心你的窝给人占了！""你们啊"，记得母亲当时一字一顿，完全是一种痛心疾首的表情，"你们知道个屁！"

我对别人的那句玩笑非常在意，出于替母亲考虑便格外留心英大娘的一切。于是就常常在别人的闲言碎语中，有意捕捉关于英大娘的一切信息。

英大娘年轻时与村里的民兵队长二胜相好，为了走动方便，便与人家的病妻拜了干姐妹。英大娘裹过脚，重活干不了，就将人家一家人的缝补洗涮活儿几乎全揽了过来。都说二胜的脚比别的男人的脚金贵，因为别人看见他的鞋子里面还有一层白套鞋，上面绣着石榴花。那针脚比缝纫机做出的针脚还匀实。不用问，全是英大娘一针一线精心缝制的。人们说，每年石榴花开的季节，英大娘的心就跟着疯胀起来了，变得坐立不安，她就站在树下看满树的繁花，看啊看啊，每一朵花似乎都朝她抛媚眼。她记住了每朵花绽放时的情态，将枝头的千娇百媚描画在一张张麻纸上，张张不重复，绣出的花样也个个不重复。

二胜家的孩子全喊英大娘姨，喊得和亲的一样。喊着喊着就一个个全都不认这个姨了。尤其是她最亲的那个二丫头，赶着牛从她身边经过，对她递过去的笑脸不理不睬，一个劲儿地朝牛身上甩鞭子："叫你浪！叫你浪！"在人们的哄笑声中，英大娘低着头快步走开了。

我把大人们的话学给母亲，母亲怪我道："以后少听这些乱七八糟的事。这么多年了，你英大娘抬眼看过谁家男人！"是，英大娘走路常常低着头，我父亲在家时，她一刻也不在我家多待。可人们为什么要这样糟贬她呢？

英大娘是抢占别人窝的坏女人吗？凭母亲说话时的口气我推断，她一定知道别人不知道的一些事情。

四

母亲对我讲述了英大娘的全部爱情故事。

英大娘的娘家离我们村有 20 里地，自从寡妇娘做主把她嫁给家境富裕的丑人，她的心就死了。她没过几天富人日子就赶上了土改，丑人家被划成了富裕中农。这成分在我们村模糊得像被人遗弃的猴皮筋，一会儿被拉进团结的队伍，一会儿被扯进陪斗的团伙。谁都可以玩一把，全由着个人的性情。那天，民兵队长二胜通知英大娘开会，竟稀里糊涂占有了她。事后，二胜有些后悔。没想到爱情甘露的滋润竟使英大娘这棵蔫巴得过早的禾苗迅速茁壮，那种渴望被开采的欲望，像石榴花一样怒放起来。这个如同久居深宫的寂寞女人，苦苦巴望着下一次被宠幸。

下次及下下次的地点选在二胜家的灶房里。那是一个冬凉夏热的地方，任何季节都不会引起人的注意。引人注意的是英大娘变得爱回娘家了。回娘家是天经地义的事，谁又能管得了呢？

她回娘家总是选在太阳西沉的时候，每次都极力反对丑丈夫相送。她提着花包袱兴致勃勃地走出家门，走出村庄，逢人就打招呼，一声声响亮的"回娘家！"让人顿生许多羡慕。村路通向远方，她扭着脚走啊，走啊，渐渐走出人们的视线。太阳落山了，旷野无人了，她绕着弯偷偷往回返。村边的红土坑里坐落着一大片房子，那里有二胜的家。二胜的房子紧挨着坑边，一条通往城里的斜坡路，与他家的侧墙相邻。上了斜坡就是坑沿，坑沿与他家的房顶一样高，走过去顺梯子下去就到了他的院子。当然，那梯子平时不会放在那儿，只要是晚上放在那儿，就一准儿和英大娘回娘家有关。

英大娘走进灶房只是万里长征走完第一步，不算是大功告成。她还要耐着性子孤独地在寒冷中等待，等待二胜在大屋与老婆孩子共享天伦。一阵阵温暖快乐的笑闹声使灶房更加冷寂。等到后半夜，她整个人凉透了，才能享受片刻的欢愉。遗憾的是她不能在这里久待，她得趁天黑走出村庄，走出村界，一直走到天亮，绕出一个大圈后再绕回来，堂而皇之地告诉人们：从娘家回来了。

后来我到城里上学，不断过往那条路，每次总会多望那个房顶一眼，知道那道坑沿并没有紧挨房，中间还有一小步的空间相隔。正常人跨过去很容易，而英大娘跨过去却要冒险。她是一双被裹成半成品的小脚啊，倘若一步迈不到位，就会摔入坑底。被爱情鼓舞着的英大娘听说过飞蛾扑火的故事吗？

在那间炼狱似的灶房里，她忍受着冬的寒彻入骨，夏的闷蒸热烤，享受了她一生最为幸福的时光，为此，她感激二胜家那个脸色蜡黄形同木偶的女人，英大娘愿意像奴仆那样当牛做马伺候她一家人。

寒来暑往，二胜女人归西了，看着哭得一塌糊涂的几个孤儿，英大娘做好了补缺的准备。几年来，明知丑人没有留后的能力，为了遮羞，她曾偷偷喝药堕胎。如今，她准备再继续喝下去。她要好好地待他们，像亲娘一样。

她把柜子里的东西悄悄地转移到了娘家，找政府正式提出了离婚申请。政府派人出面调解，二胜却不再见她了。直到丑丈夫说："咱好好过吧，人家找了个黄花闺女。"英大娘才重重叹了口气："你嫌我不？"丑人说："哪敢。""你赶紧套车把咱家的东西拉回来吧！"从此，英大娘托人抱了个养子，不再抬眼看任何男人。

五

母亲非常自责，她说英大娘吊死的那天晚上曾到过我家，眼圈红红的，神情有些凄然。母亲当时忙着管别人的闲事，没有顾上她。她看母亲忙着，就说："我走了！"母亲随意问："没啥事吧？"她叹了口气说："唉！没事了。"事后母亲回忆起她那忧郁的语气更加揪心。

母亲追问英大娘的儿媳，儿媳委屈地说，她真的什么都不知道。自打她进了这个家，就不止一次看到婆婆对着石榴树发呆，尤其是公公去了之后。

老人们劝我母亲说，这都是命，该树上死的掉不到井里。母亲悚然一惊，望了一眼曾经飞花似血，开得轰轰烈烈的石榴树暗自思忖：难道真的是命？

六

母亲帮忙料理英大娘的后事，与她家儿媳一起翻箱倒柜，寻找陪葬的物品，竟在箱子底翻出一大摞卷成卷的麻刀纸。年代久了，纸都有些脆了。打开一看，全是红铅笔描画的石榴花，一朵朵，一簇簇，红得邪火。母亲把它们视作不祥物，流着泪，烧了。

七

英大娘的陈年旧事，在村子里流传着几个版本。我只信母亲的这个版本。

流光旧影

1967年夏天，商业局大院的蝴蝶兰开出了一片绚烂。那时，我还不知道那是什么花，只知道那种触目的簇新瞬间惊了我的眼，它不是轰轰烈烈的大红大紫，而是我从未见过的洁白、浅粉、淡紫、微黄，那些翘起的花瓣体态轻盈，振翅欲飞，以另类的美丽颠覆了我对花草的记忆，也搅乱了我对身边世相的简单认知。迷乱在懵懂中我无助地环顾着四周，寻不到答案，便甩了甩母亲的手：那是什么花？母亲停都没停，语气像被谁追赶似的突然提速，只是一个箭步便摁住了我的兴致：那是封资修。我心说这"封资修"花真好看，但却不知道母亲为什么要改变平时说话的节奏，凭空就堵住我的话头。

那一天是农历四月十五。四月十五是全县传统中的一个重要节日——城隍庙会。每年的这一天，母亲都要带我随着人流进城赶会，住在山里的三儿也会跟着他母亲进城赶会，然后我们都作为家属和各自的父亲团聚，同住在商业局大院。我父亲是政工科长，他父亲是保卫科长，两个父亲很要好，两个母亲便也走得很近，常常亲亲热热拉上几天家常，三儿和我自然也情同兄妹般在一起很兴奋地玩上几天，然后恋恋不舍地告别，盼着下次再见。

　　大院是由好几条胡同的民居打通改建的，朝着大街的一面是百货公司、书店、理发店、副食店、照相馆、饭馆、菜库、肉铺等，都是国营的，当时都隶属于商业局管，后门都通着局里的各个院落。院落间由长长短短的胡同相连，套来套去拐得很复杂，这便更合了我和三儿的心意，我们整天在大院里转来转去，看东看西，怎么都玩不烦。那时我还没有上学，三儿大我两岁，认的字比我全，常常指着墙上的标语问我认不认识，并眯着弯弯的月牙眼学着老师的亲切样子教我认读，诸如谁谁万岁之类的字他都教会了我，只是狭长的过道墙上那句拗口的什么什么专政几个字我总是记不住，我问他是什么意思，他一遍遍解释，却怎么也说不清，就大幅度挥臂攥拳，潦潦草草做了个砸锤的动作说，就是这个意思，稀里糊涂收场。我看这么费解，便在他面前将这句话扔到脑后，背着他又忍不住捡起来揣摩，硬是将这句话变成了烫手山芋。

　　大院里的干部们大都自己在单位住单身宿舍，老婆孩子在乡下，所以，一日三餐都离不开机关食堂。谁的家属来了，时来暂去的，也不值当开小灶，就全到食堂报到。这样一来，谁家的孩子懂不懂事，谁的老婆好不好看、利索不利索，想藏都藏不住，机关人全知道。嘻嘻哈哈闲磨牙的时候，他们会给家属们排排队打打印象分。他们给我母亲打9分，只给三儿的母亲打8分，其实三儿的母亲更好看一些，只是见的世面少，太拘谨，没我母亲那样机敏和大方。

　　机关里的女干部本来就很少，住单身宿舍的就更少了，好像只有吴姨一个。她和外面的单身职工们都住在东西狭长的北院，里面房屋很杂，犄角旮旯很多。过她的门可着劲儿往西走，拐两个弯就是机关食堂。在南院与北院的两门之间有一块不小的空地，靠北院墙往西是一条通向纵深N个院落的小胡同，靠南院墙的是通往总门的大通道。父亲住在与北门相对的南院，这个院最讲究，院门宽宽的、厚厚的，上面镶着门钉，两个门环结结实实，很厚重。只是门上的红漆剥落了，门钉和铁环也恢复了本色。院子非常敞亮，显得阳气十足，地上的青砖四四方方十分平整，正房窗台下砌了两个方形的花池，里面的花草一般都是父亲栽种修剪；在父亲院落的西南角的正房和陪房之间有一条遮了顶的通道，它通向另一个院落，三儿的父亲就住在那里，那个院树木很多，夏天里遮挡着阳光，尤其到了下午，屋里光线暧昧，看上去阴森森的。不过，也不僻静，因为它另有一道正门通向南北院空地往西那道细长的胡同里。三儿从那个门去食堂吃饭，比我还快呢！

几个院落之间整天晃来晃去的都是些成人的面孔，平时难能见到小孩，看见我和三儿跑来跑去很活泼，大人们总是想在我们身上找些乐趣，变着法地逗着玩。大人们其实也很无聊。

三儿的母亲曾笑着对我母亲说，瞧见了没，三儿护妮儿护得急着呢！

别人逗我玩的时候，三儿护我护得有点霸道。动动嘴可以，谁都不能碰我，哪个叔叔伯伯拍拍我的头，揪揪我的小辫儿，他都要拧着脖颈剜人家两眼。尤其对那个圆圆脸，一笑甜眯眯的吴姨，三儿有一种本能的反感。每次吴姨见了我，总喜欢凑到跟前，拍着我的脸亲切地喊我小胖子，这几乎成了一种习惯。那天，她当着三儿故技重演，三儿干脆就来了一句：呸，狐狸精！骂声刚出来，啪、啪，三儿的后脑勺就吃了两巴掌，三儿扭头要拼命，一看是他母亲正好路过，便愣着不吭声了。三儿的母亲小心翼翼地给吴姨赔着笑脸：吴会计，这孩子不懂事，你别跟小孩子计较。吴姨红着脸走了。三儿的母亲不停地骂着三儿，我没有替三儿讲情，只是入迷地看着吴姨甩着两条松松的长辫，扭着轻盈的腰肢款款消失，也觉得三儿真是该打：吴姨多美，比我母亲、三儿的母亲都美，这么美的姨你三儿怎么忍心去骂啊，以后还让不让人家再理我了。

我喜欢吴姨，喜欢她经常上我们屋去，但是，母亲不喜欢，有一次她上我们屋给父亲送工资，母亲虎着脸连谢字都不说一个，弄得吴姨很尴尬，连我都觉得没了面子。完事后母亲还问父亲吴姨是不是常来，说干部应该注意什么什么问题。母亲能言善辩，机关里的干部都说不过她，因此，每当遇到她动肝火的时候，父亲多半会聪敏地选择沉默。母亲经常会对父亲提到类似的话题，话不一样意思都一样，后来，吴姨就不上我们屋了。

三儿的父亲不知道怎么知道了三儿骂人的事，又重新将三儿打了一顿，打得声势浩大，惊动了几处院子。母亲拉着我去拦，正好走到他屋门口，就听到三儿的父亲吼道，走吧走吧，今天就走，别在这儿丢人现眼。这吼声响起的时候，三儿的母亲正斜着半个身子伸胳膊护着三儿，阻挡着他父亲落下来的拳头，吼声一落地，仿佛给事件按下了暂停的按钮，她的身子竟忘记了抽回，斜成了一个空洞的造型。持续片刻，事件继续，三儿的母亲拉着三儿就要往外走，我母亲迎面挡住说，气头上的话哪能听，咱们还没住够日子呢！

三儿的母亲温顺地退了回去，搂着三儿坐在床边抹眼泪。母亲开始数落三儿的父亲，说他不该这么狠地打孩子，不该说那么伤人的话，等等，说了半天都是她自己在唱独角戏，三儿的父亲长得高高的，眯着和三儿一样的月牙眼，竟然绷着脸一声不吭，一点都不亲切。

三儿还是在当天随着母亲走了，走得无声无息，竟没有和我们打个招呼。

院子里没了三儿来来去去奔跑的身影，我一下子就觉得眼前空了，我不知自己该干些什么。每天，我慢慢挪动着脚步，用手划拉着墙壁，无所事事地走过每个院落，我念遍了每个墙上的每一条标语，回想着三儿那个比画砸锤的动作，不知为什么心里难受极了。我觉得大院太闷了，一点儿意思都没有，简直不能再待了，便开始央求母亲回家。一次又一次，母亲也烦了，说这孩子怎么这么讨厌，来的时候急着来，现在又急着走。三儿走了，母亲都不想我有多郁闷。我更想三儿了。

那天发生了一件事。那天午饭吃得较早，父母亲躺在床上东一句西一句说着话，没人理我，我走出屋门又开始了无所事事的转悠，我用中指划拉着墙壁穿行于每个院子。走到三儿父亲的院子，不知怎么我突然就想到了三儿，几乎是出于本能，跑过去隔着窗就朝里张望，霎时间就被里面的一幕惊呆了，我看到吴姨和三儿的父亲两个头挨在一起！我腿一软坐到了地上，浑身发抖，像撞见鬼似的哇的吓哭了。吴姨慌慌张张跑出来，连声问，怎么了，怎么了，你看到什么了？我捂着眼睛，一直摇着头，不敢再看吴姨，觉得她真成了鬼，狐狸精变成的鬼。我起身往父亲院里跑，吴姨一路在后面追。母亲问，这是怎么了？吴姨说，兴许是撞到什么了，这院子深，不干净的。母亲问我看到啥啦，吴姨在场，我什么都不想说，只是记起了三儿骂的那句话，狐狸精。我不想再说任何话，不想和大人们一起纠缠这些说不清道不明的穷事破事。

三儿真是白挨了一顿打啊，我的心很疼，只想三儿，我想告诉他骂得好，骂得对，骂得解气，还要告诉他我以后再也不在心里埋怨他了。

我发起了高烧。好多人来看我，屋子里乱哄哄的，我就是不想睁眼。母亲在吴姨的撺掇下，拿着我的衣服转遍了各个角落帮我叫了魂，不敢再做逗留，当天就带我回了家。

想见三儿几乎成了我最大的心病，回家后，我天天盼着过节，想着过节了我的母亲、三儿的母亲就可以带我们住进大院了。

母亲好像忘记了大院，好几个节都过去了，她竟再也不提进城的事，倒是父亲回来过几次，也都是晚上回来一早就走，我一直想问他见没见过三儿，可他来去匆匆忙着和母亲悄悄说着一些很私密的话，什么北院派南院派之类的，我一直也插不上嘴。

终于又盼到了城隍庙会。

这次赶会母亲有些异常。她对奶奶说，这几天右眼总是跳，我得上城里看看。

她没有像往年那样早早就把外出的信息传给街坊邻居，也没有习惯性地提前下些毛毛雨要挟我，借机收束我的野性。她早晨起来第一件事就是翻箱倒柜，给我取出一双新鞋，敞口鞋。鞋面是蓝色的斜纹布，上面绣着几个花色的字，她拿起一只教我：做革命。我跟着念：做革命。拿起另一只教我：接班人。我跟着念：接班人。她考我说，有人问你鞋上写的什么字你怎么说？我回答：做革命；接班人。她说，中间不能停，你得连起来说，我说了一遍。

接着，她就做了第二件事，第二件事是为奶奶剪头。

奶奶的脑后盘着一个圆圆的髻，用黑色的丝网罩着，打从记事起，我就见她留着这样的发式，她很爱惜，每天总是梳得光光的。母亲要她剪掉，说是四旧，奶奶不剪，说剪了难看。这事争论好几天了。这次，母亲不再商量，她嘴上说着不能再缓了，操起剪刀，趁奶奶和她说着话不注意，咔嚓、咔嚓，刀起发落，两下就剪成奶奶说的疯子头了。

两件事情完成了，她才开始一项项做其他事情，然后带我进城。路上不断有人盯我的脚看，有的人念念有声：接班人，做革命。他们也是按从左到右的顺序看的，只是和我相对，反了。有人笑，啥意思？母亲任何时候都占主动，她说，做革命接班人去呀！我不知道做革命是什么意思，但感觉到一定是大事情，十分光荣的事情。

往年赶会，母亲总是先领我在会上逛个够再回大院，这次不同，竟没往会上多走一步，急匆匆拉着我直奔大院。一进门我就看到那惊了眼的花，一张嘴母亲就制止了我。好好地，这究竟是怎么了？我不知道是谁惹了她，是我惹了她吗？是花惹了她吗？

父亲已闻声迎了出来，显得按部就班，先是很负责任地说那花叫蝴蝶兰，然后便望着我们勉强地挤出了一个笑。当时，我幼小的心灵还不足以承载像模像样的事物，仿佛第一次看到这样别扭的父亲。平日的父亲很年轻很英俊，春风得意的脸上经常洋溢着温暖的笑意。那笑，是长在脸上的，天然，纯美，谁看了都会受感染，可是，怎么突然没了？跑哪儿去了？

走进他的办公室，我发现了好多的不一样，多了成排的木质文件柜，多了两个被小桌子隔开的一模一样的布制单人沙发，那张带着橱子的办公桌上，多了部只有声音不见人影的军绿色电话。我好奇地摸着那两个沙发，想象着坐在上面比赛弹跳蹦高的快乐。三儿，快来吧。

忽然，我们几乎同时都听到了外面大街上响起的喇叭声、口号声、吵嚷声，我凝神一愣，母亲便知道了我的企图，一把没有扯住我，我已飞快地一溜小跑顺着来路跑到了大街上。

嘈杂的声音灌满了街筒，我分不清应该奔向哪种声音，远处那个让人热血沸腾的高音喇叭有着强烈的吸附力，它吸纳着各种人流，将行色匆匆的人们纷纷拖离了既定的轨道。我向那个声音奔去，很快就汇入了巨大的人流，我看到了数不清的腿，那些如森林般移动的，被黑色、灰色、蓝色、军色裤子包裹着的腿，都迅疾地朝着一个方向奔走，接着我就被卷在了汪洋之中，我在各色的腿的森林中钻来钻去，顺着人潮的涌动被推到一个中心。

眼前出现一个长方形的簸箩，然后是簸箩里一堆白花花的东西，联想到过会，我以为是新鲜猪肉，一看，天啊，是一个身体半裸的女人！定睛再看就不敢往下看了。是吴姨！她身体光光，只穿一个遮羞的红裤衩。屁股上，大腿上，前胸后背到处是红的、青的伤。人群骚乱起来了，有人打口哨，有人嗷嗷叫，有人吐唾沫。不知谁在喊：北院派真扯淡，抬着娘们到处转。大喇叭以压倒一切的声势控诉着：请看，这就是南院法西斯们殴打革命群众的铁证！有人扯着嗓子喊：啥革命群众，破鞋！大喇叭喊：谁搞破的？还不是你们南院的人吗？

一场大辩论就地开始了。

　　南院：她勾引了我们革命干部。

　　北院：说她勾引了你们革命干部，那个革命干部是谁？他在哪儿？敢出来吗？我们抬来我们的物证，你们的物证在哪里？没有物证就没法调查。没有调查就没有发言权。

　　……

　　那个甩着松松长辫子，颤着腰肢，脚步款款的吴姨，此刻没有了一点动静，她小臂护胸，双手护脸，看上去像条晒疲塌的死鱼，一时间竟变得如此丑陋。母亲见了这个样子的她，还怕她再去我们屋吗？

　　母亲来了，母亲挤过人群，连看都没看那个簸箩一眼，一把揪住我就往外拖，沿路的胳膊挡住了我，腿挡住了我，脚绊住了我，在她强力的牵扯下，我跌跌撞撞往外挤，挤出了人群我忙问：三儿来了吗？我脑子里存了太多的事，我想要把过去的、现在的缠在一起的一切都告诉三儿。母亲说：以后当着人再也不要提三儿，三儿的爹自杀了。三儿！我的心里顿时有东西碎了，竟然不管不顾喊出了声。

　　在一片茫然的惊恐中我跟着母亲走进了大院，院里的花草已经全被拔掉了，乱七八糟扔了一堆，谁拔的，为什么拔掉，我已经没有心思再去搭理了。

　　后来我听说的是，南院派在南院将三儿的父亲和串门过去的吴姨一块打了，打得吴姨更重一些，然后将她扔回北院。出事的当夜，三儿的父亲仓皇逃回了家，后来有人传信给他，说两派要借庙会拉他们光着身子去参加革命群众大辩论。他又从家里出逃，逃到了自家坟地，觉得再也无处可逃，便解了腰带在坟头的大榆树上上吊自杀了。谁也不知道他死前都想了些什么，坟堆的沙土上还留着他坐过的印，留着他抽过的一大堆半截烟头，他的白衬衣前襟上濡满湿漉漉的斑点，弄不清是鼻涕还是眼泪……

不知是在惋惜三儿父亲的死，还是在惋惜没有机会看到幸灾乐祸的好戏，人们都说那报信的人多事，却猜来猜去到底也猜不出那个人是谁。

母亲也猜，只是对着父亲猜。她说，是谁通知的他？我看，除非打电话，要不谁的腿能那么快？信能那么快？说这话的时候，她的眼盯着父亲，我也盯着父亲，父亲说，他们根本就没有实质性关系！父亲的脸上没有微笑，也没有任何表情。

三儿就此退出了我的生活。

1978年我在县城上中学。中学的操场连着地区师范的操场，之间用半截水泥墙半截铁栅栏隔开。有一次上体育课，我无意间看到一墙之隔的师范篮球场地上奔跑着一个高大的身影，在他起跳投篮的一瞬间，我看到一双弯弯的月牙眼，我失口喊了一声：三儿。他凝神看了我一眼，拍着球走掉了。

他是不是三儿？是，为什么走掉？不是，又为什么看我？

前些日子听家乡的人说老城的旧街要拆，忽然就有怀旧感涌了上来，我带了相机，坐车几十里赶到那条街上一个一个门市看，像识别昔日的朋友。费着劲找到那个大门，就在我开始选择角度的时候，有人阻止了我。原来，这片房子早已几易其主，一批批乡下人拥进城里做买卖，这些房屋有的做了仓库，有的做了自家的住宅。政府曾多次派人来登记摸底，居民们是商量好了要拿上一把的。他说，谁知道你要拍它干什么？我说我原来曾住在这里。他说，那就更不能拍了，本来就僧多粥少。我装起了相机说，不拍了，看看行不行？40多年没看了。他大概动了恻隐之心，不再吭声。

我趁机走了进去，走过了吴姨住过的北院，父亲及三儿的父亲住过的南院，墙上的标语不知被劣质的涂料遮盖了多少次，早已不见踪影，在那个曾写着什么什么专政的过道里，我站了半天，一些记忆的碎片接踵而来，那个稀里糊涂的解释，那个攥拳砸锤的动作，顿时我仿佛看到那个眯着月牙眼睛的小孩儿又从岁月深处跳了出来，三儿，我忍不住想喊，他又倏然消失了。

走出大院恍然如梦，我开始怀疑自己的记忆，三儿存在过吗？吴姨存在过吗？一个个故事存在过吗？忍不住回过头又重新打量。

在夏日的阳光下，我仿佛在打量一则寓言，一个童话。

那年那月那些事儿

我上高中的时候，学校有两个工宣队员，他们来自县水泵厂。其中一个蔫头蔫脑，从不多说一句话，所以我对他的印象不太深，时至今日，不但忘记了他姓什么，而且连他的长相都记不得了。另一个大约30岁，紫红脸膛，浓眉大眼，虽然个子不高，但看上去精明强干，生龙活虎一般。当时，正值一个时时处处讲政治的年代，他的特殊身份和特定性格，决定了他终将会成为一种标志——进步的标志。

县高中是知识分子成堆的地方，许多老师是来自各大城市的老大学生。当然，他们是发配来的，有的粘连着割不断的海外关系，有的是摘帽右派，但这并不妨碍我们对他们的尊敬。他们风度翩翩、气质高雅、知识丰富，他们的言谈举止，使校园多少散发出淡淡的书卷气息。这样的环境中，插进了工人师傅大老粗似的管理，显然有点不太和谐。于是，尴尬在所难免，我就亲耳听到过老师们议论工宣队员的只言片语，尽管语义模糊用词委婉，我还是能听得出其中那难以掩饰的贬义。

面对全县最大一所学校，面对心态复杂而又有较高品位的一个群体，两个工宣队员有过怎样的心态，没人替他们去想，他们的感受全都埋藏在自己的心里。总之，他们堂而皇之地来了，他们夹在教师队伍里非常显眼，在这个庞大的队伍里，他们是另类。

不知为什么，那个蔫一点的师傅不常到学校，也不太管事。那个精明强干的师傅积极地参与了学校的管理。我们不知道他具体是什么职务，也许他根本就没有职务。校长称他韩师傅，老师们称他韩师傅，我们就跟着叫起了韩师傅。我们住校生吃住在校，与韩师傅无意间独自相遇的机会较多。这种情况下，他总是先对我们点头微笑，看上去，他平和、朴实，平易近人，像个邻居大叔。而有些时候他不是这样。他负责学校的安全保卫、校风校纪工作，杂事多，烦心事也多，学校哪儿出问题了，调皮生惹是生非了，都会使他大发脾气。事后，他会将对某件事、某个人愤愤不平的余怒残留在脸上，很失态地应答我们的招呼，仿佛我们惹了他似的。他那副不苟言笑的样子，让我们觉得冷冷的、狠狠的。

韩师傅经常与调皮生打交道，他整治调皮生的办法比老师高明。那时，学校围墙外就是大水坝，每年夏季都有淹死人的事件发生。守着这么大一个隐患，校长老是害怕出事，每年从入夏起就开始三令五申不让学生游泳，但怎么都阻止不了。因为管住了住校的，管不了走读的。韩师傅便在每天中午藏在暗处蹲坑。喜欢玩水的学生不知道有埋伏，一个个瞅着水坝饥了、渴了似的甩掉衣服就往里跳，直到岸上传来"找你们老师要衣服"的喊声，他们才发现衣服被抱走了，慌张之中纷纷上岸追赶，待到好话说尽讨回衣服，才老老实实跟着韩师傅往学校走。那时，我们经常看到韩师傅串蚂蚱似的带一串学生去见班主任。后来，人人都知道韩师傅的厉害，便没有人再去自投罗网了。

韩师傅最威风的时候，要数他检查纪律和卫生的时候。他带着学生会的几个干部，严肃地出入各个教室、宿舍，严肃地指指画画，这个时候，他往往是雄赳赳的，身后的小分队因为跟着他，也显得雄赳赳的。

我们就觉得韩师傅很高大，韩师傅离我们很遥远。

　　领教韩师傅的觉悟，是因为一次意外事故。那时，尽管有政治高压，校外仍有一些心怀叵测的人翻墙到学校滋事。有一次，刚刚躺下的高一女生发现有人朝宿舍窥视，便炸了窝似的大喊大叫。正在检查熄灯情况的韩师傅带着他的小分队迅速赶到，搜索的时候，发现有人翻墙逃跑，韩师傅跟着就要翻墙追赶，就在他纵身一跃的那一刻，有人挥起大刀砍在他的后脑勺上。原来，一个女干部慌里慌张将他当作了坏人。幸亏那刀是演戏用的道具，只伤着了皮肉，否则他非稀里糊涂丢了性命不可。那女干部一刀下去发现砍的是他，自知闯下大祸，吓得哇哇直哭，韩师傅却捂着脑袋龇牙咧嘴称赞她有觉悟。事后，学校没有声张此事，可消息还是顺着小道传了出来。开始只是听说，似乎还夹带着一些调皮生故意搞笑的谣传。后来，我们果然看到他头上扣了顶旧军帽，帽檐下露出一圈白纱布，就像电影里的伤病员，显得英勇极了。那几天，一直有人盯着白纱布指指画画，仿佛那是一道光环，看着它，我们竟生出了许多安全感。

　　没听说韩师傅给谁做过思想工作，也不知道他会不会做人的思想工作。没发现他有没有专长，也不知道他是否有其他专长，但我们确确实实能够证明他从来就没有无所事事过。校长的心里是应该装着全校的，而韩师傅则用眼睛盯着全校。他比哪个老师都忙，比哪个老师的胳膊都长。他毫无怨言地将自己融入了一个本不属于他的环境，并从中找到了自己尽忠的事业。尽管有人说他不讲究工作方法，是个大老粗，但在我们眼里，他已经成为学校不可分割的一部分，我们从来就没有想过他会离开这所学校。

　　1977年，全国恢复了高考，学校的重点工作也开始转移，工宣队员们完成了特定时期的历史使命，被安排归队。那一天，学校千余名学生敲锣打鼓欢送两个师傅。韩师傅依旧雄赳赳的，像出征战士那样背着行李，一边走，一边朝我们友好地挥手。一些被他整治过的调皮生，不合时宜地喊着倒好，他们把平时的不满、压抑，统统倾泻在这一声倒好上。目送他们渐去渐远的身影，我心里有说不出的难受，但转瞬又觉得轻松起来，我知道，随着他们背影的消失，韩师傅那琐琐碎碎、轰轰烈烈的一切故事也就跟着演绎完了，历史注定会翻开新的一页。

同学们做起了大学梦，人人都开始新的努力。运动少了活动也少了，学校少了谁多了谁也不再那么引人注意。后来，我们就毕业了，考上学的上学了，考不上学的回家了，听说韩师傅仍然在水泵厂当工人。再后来，厂子倒闭了，就再也没有韩师傅的消息了。

过了多少年，怀旧风盛行。在我们步入中年的时候，同学们开始张罗着聚会，人们掰着手指按班级编号回忆着曾经熟悉的老师，没有人再提到韩师傅。

谁识花开花谢时

那年冬天，天气极冷，为了使院子里的花安全过冬，父亲早早就把花枝全剪了，少了花的纷繁和枝的热闹，院子里显得空荡荡的，很是凄清。

就在那个寒冬的一个阴冷的黄昏，父亲遭遇了车祸。没了父亲的经营，小院呈现了几十年来从未有过的凄凉。

我们想把母亲接走，母亲断然拒绝，她说她要在小院里等着父亲。

父母亲同岁，他们17岁时结婚。从旧照片上看，他们长得标致，穿戴合体，不像当时农村中的人。听他们同辈人说，他们虽不是自由恋爱，但当时的结合也颇费了些周折，要不是他们情深意笃，坚定不移，世界上绝对不会有我们兄妹几个。

无须找谁查证去，单从我们懂事以后的亲眼所见中推测，就知道上辈人说的话不假。

别人家的父亲在外面做事，回家之后总是摆老大的架子，而我的父亲虽然在城里当干部，有满脑子的公家意识，却非常顾家。在外面，他温和儒雅，朴实厚道，待人非常和气。在家里，他是一副居家过日子的派头，从来不闲，总是将家里家外收拾得干干净净，并捎带着将左邻右舍的门前扫干净。

他出差的时候，我们想他，邻居们也想他。而母亲则被父亲宠坏了，父亲在家的时候，她就有了短暂的休闲，利用这短暂的时光，她常常跑出去管东家西家的闲事，甚至把闲事带回家，当作头等大事派给父亲。每逢这时，父亲只笑着说一句："胳膊真长！"就等于接受任务了。

父亲当过政工科长、人事科长、公司经理，还当过下乡干部，走的地方挺多，结交了许多真诚的朋友，落下了满世界的好人缘儿，但从来没有惹过绯闻。我想，这除了他品行端正，恪守传统道德的因素之外，还缘于他对母亲的尊敬。母亲确实不像一个乡村女人，她的谈吐、见识、才干、境界，不亚于任何一个女干部。父亲的那些同事，凡是见过母亲的，都对母亲赞不绝口。母亲是依仗着自己的实力，占据了父亲心中那个重要位置。

我年幼的时候，母亲曾得过一场大病，大家都觉得是不治之症。本来就负担沉重的父亲，宁肯负债也要为母亲治疗，他借遍了所有亲戚朋友的钱，将母亲送到了城市的大医院。离乡千里，举目无亲，父亲以怎样一份煎熬侍候着陷于绝望的母亲，母亲又以怎样一份无奈牵挂着父亲和几个未成年的儿女？后来，母亲奇迹般地康复了。他们回家时，我欣喜若狂，我只知道他们从大城市回来了，那么长时间没有带我，却不知他们是怎样挨过了那段艰难的时光。

由于某种原因，父亲51岁那年就申请退休了。那些日子，父母亲真正过起了你挑水来我浇园的幸福生活。他们在河滩上捡石头挑土，从废弃的机井中打水浇地，种一些稀罕植物，收获后分给街坊邻居，很是辛苦，也很是喜悦。

喜欢种植，大概是出身于农村的父亲的天性，他种庄稼，也种花草，即使是"文化大革命"，他也没有失去这一嗜好。

母亲常对他的这种小情调嗤之以鼻。记得小时候随母亲去看他，看到他宿舍的门前开满了小蝴蝶一样的花，我喊着：爹爹你出来，告诉我这是什么花。母亲抢着答话：那是"封资修"。我说这"封资修"花真好看。父亲迎出来只是羞涩地笑。

几十年的沧桑岁月，父亲由年轻走向衰老，其间父亲的工作不断调动，我发现，不管调到何处，他整洁的宿舍准有花草陪伴。

父亲退休后把我们家院子修整得像个花园。花盆里、花池里种了好多种我叫不出名字的花。外出归来，不见双亲，单是那一朵朵、一丛丛、一片片鲜花，就足能使我感受到家的温馨。

然而，就在我们猝不及防的时候，父亲孤零零地去了。

尽管父母的身体硬朗，但毕竟年岁已大，在家人的反复唠叨下，他们一起住到了城里的哥哥家。那几天，母亲有事住在村里，父亲是接到母亲的电话，回来给母亲送药的。那个阴冷的黄昏，母亲破天荒没有等到父亲，却等到了父亲遭遇车祸的噩耗。当母亲赶到村外出事地点时，见已经冰凉的父亲旁边撒了一地药片……

也许是疏于管理，父亲走后，院子里的花两年没有动静。

两年后的春天，我回家探望母亲，走进家门的时候，一下子愣住了：院子里居然开满了鲜花！

花开得很旺，花根串得到处都是。凡是拱出叶芽的地方，母亲都把地砖掀开，砌成一个个方形的花池，让花自由自在地生长。母亲还在墙上拉了绳子，让那些藤类植物顺着墙蜿蜒而上，形成了一挂挂花的瀑布。

我的泪水夺眶而出：母亲终于把父亲等回来了！

母亲走出屋，站在花丛中无言地看着我。看到她日渐消瘦的面庞被鲜花映出红晕，我忽然想到了她曾经对我们说过的一句话："你爹要是回来，我就不让他走了。"

再别同桌的你

　　我的同桌到深圳就职，同学们组织了告别宴。席间，我曾几次竭力憋回将要夺眶的泪水。不知谁的话不小心动了闸门，竟让 50 岁的我老泪横飞。

　　宴会过后，我回到自己的城市投入了工作，可情绪怎么都拉不回来。晚上，我对先生说心里难受，他知道我的所指，不解地看着我，至于吗？

　　郁郁寡欢持续到第二天晚上，我拨通了我后桌的电话，还未开口已是泣不成声。后桌说，这么大个人了你怎么这样啊！接着安慰我说，明早咱们开车一起送她好不好？

　　早晨大雪封路，后桌打电话说正开车往我家赶。想到等大超市开门会耽误赶车，我便披头散发踏雪到菜市场找水果，一步一滑好不容易赶到，却见市场上空空荡荡，只好拐到一个便利店买了一堆小食品。路口等来了后桌的车。我乘车急急忙忙穿越市区往东站赶。

　　我们赶到时同桌已经过站，接到我的电话又折了回来，隔着玻璃门只是一递一接，两人都没说多余的话，彼此不敢再多看一眼。

我的心又一次空了。

与同桌分别已不是第一次。那时我们不到20岁，在班里是同桌，在宿舍铺挨着铺，我们考的是文科，看到数学老师就犯晕，要么上课一起趴着睡觉，要么还未上课就一前一后跳窗逃之夭夭。因此，每个学期我们都要手拉手去参加几次补考。以至于只晃过几面的代课老师都记住了我们是"一对儿"，只要见到其中的一个，必定打趣地问，喂，你们还是那个啥啥都不会吗？其实我们并不是啥都不会，我们只学自己感兴趣的东西。她可以把从未学过的艺术字写到办展览的水平，我可以将每一篇作文都写成整个年级的范文。我们追赶着光阴，抓紧每一分钟时间学习自己感兴趣的东西：借来唐诗宋词转轱辘似的一轮轮背诵；躲在偏僻的池塘边，手捧着口琴试探着发出怯生生的每一个断音……我们在每一个晚自习过后一起秉烛夜读，一直到空荡荡的教室墙上只剩两个被烛光拉长拉虚的影子，晃来晃去，一直晃到深夜把自己都吓住。教室和宿舍隔着一条大马路，两边的门都用铁链锁上了，我们一个撑着门，一个收腹屏气，两个单薄的身影每次都要挤过两个门缝。我们用功到没有一个晚自习会按时回宿舍睡觉，当然，也没有一个早晨会按时出操。学校按出操情况排队，眼看着我们班的分数一次次被扣掉，男生都急眼了，尤其是班长，如今我们区的政法书记，到现在还耿耿于怀地发出感叹，哎呀，你们俩当时真是淘死个人！好在班主任脾气不错，晃着老大的个子在班上一直打着哈哈，人家骑马咱骑驴，后面还有担担哩，你们不要让我在最后担担儿就行。老师的纵容，让我们觉得时光真美好，青春真幸福。

20世纪80年代县城还不太开化，加之大部分学生都来自农村，当我们昂首挺胸地走过校园，自由自在地在池塘边散步，表情阳光地大声呼叫男生的名字，外班的女生们觉得很个性。她们读我们的文章，听我们吹口琴，跟着我们学打鼓点，多少年过后，她们说，觉得我们俩在另一个层次，要不怎么可以那么洒脱。

当然，我们也彼此分享那个年龄独有的秘密。寂寞的岁月里，因多出一份捍卫，一份陪伴，才免去了青春之殇。

我们以一份口头之约应对毕业以后的离别，每个周日，骑车20里相聚，谈与理想世界相悖的那个世俗世界，将所有的感触集结后再一一化解，像两尾吐着泡泡透气的小鱼，碰碰头，又从容地游向各自的生活……这种状态，一直持续到彼此都找到生命中的另一半。

结婚、生育、调动、提拔，曾经自主的生活渐渐退居为附属，以后的日子便已是聚少离多。偶尔见见面，一张嘴，却发现对方的生活竟是自己正在经历的生活。就感叹，这世界还是太小了，小到连离别的日子都装在同一个模子里。你重复着我，我重复着你。还好很容易沟通，仿佛从未有过别离，一切言语，仿佛都是上一次话题的续接。

我们分别居住在两个不远的城市，她住的城市是我的老家。每次借着回家与她相聚，或说些什么，或什么都不说，在家里，在单位，在公园，在我小时候借住过的每处旧居前，静静地消磨着时光。偶尔，为寻找一份清静，她会开车拉着我走进深山，看山岚如烟如云，听梵音似断似续……俯视着山下一片片白帆似的屋顶，我们在满目的翠绿中荡着秋千，任山风吹乱头发，吹凉肌肤。我们还会赤脚蹚进小溪的深处，坐在凸出的鹅卵石上，看蜻蜓倒立，水草曼舞，让清澈的溪水恣意缠绕着不再年轻的我们，而我们的心，却早已在汩汩的水流中重回年轻。

当然，生活中不是没有忧愁，心闷的时候她会默默在我家住上一夜，我会默默在她家住上一夜，还是那样，什么都可以说，什么都可以不说，都知道，平复了心绪，早晨一睁眼，好日子坏日子还得照样过。

我想，如果没有彼此，我们是否会拥有人生中这份难得的洒脱自在？或者说，如果没有彼此，我们是否有勇气去争取人生中这份难得的洒脱自在？

朋友是彼此壮胆一起行路的人。匆匆行程，我们会忽略自身，看不到哪条路是该走的路，哪个目标是我们一直追求的目标，而朋友的双眸中却有我们清晰的影子。远路苍茫，本没有固定的坐标，而朋友，就是我们人生道路上的一个个参照。

　　同桌的远离，让我丢失了行进中的自己。

第四辑　故乡今夜思千重

年关三拜

汉语中有许多词汇就像是孪生兄弟，比如说年与岁，既可以说年年岁岁，又可以说岁岁年年。看上去并列比肩，难分伯仲，其实往细里一瞅，彼此却各自担当着不同的意义。

年关照的是宇宙万物，无尽；岁触摸的是生者冷暖，有涯。

在年的目光中，岁迈着不同的步履在轮回里穿越，春发秋藏，夏长冬灭，年延展着，岁温煦着。天地洪荒，亘古汪洋，年陪伴着岁结下的该是怎样的一种情分啊！

年关之一：乡下年

乡下的年，仿佛是从旧时代走过来的一位老祖母，被时光打磨得只剩下了满肚子的老理儿。她尽职尽责地守在那儿，你看不看，想不想，她都在。她以地老天荒的姿态俯视着人们辞旧迎新。

年关近，腊月里的每一天乡下人都过得虔诚而肃穆：二十四，扫房日；二十五，磨豆腐；二十六，蒸馒头；二十七，炸油食；二十八，胡拾掇；二十九，家家门口花溜溜；三十儿，捏嘴儿。

终于熬到了初一！

天还黑洞洞的，远处就响起了不太安分的鞭炮声，稀稀拉拉的像是试探。夜不禁试，紧接着便有了回应，声音越来越大，一会儿工夫，全世界仿佛都不存在了，整个村庄被裹挟在冲天的爆炸声里。

院子里的火堆明明灭灭，柏树枝被烤得噼啪作响，火光一去，旧年里的那些烦恼、疾病、大灾小难仿佛就化为灰烬了。

穿新衣，吃饺子，放鞭炮。直到走街串巷相互拜年之后，剩下的就是充分自由的项目了。乡村里无处可去，只有新媳妇家里会挤满了人。新媳妇也没有多新，从旧年腊月往回数，数到正月的都算数。当然，生了孩子的例外。

新媳妇懂得乡村的规矩，知道自己家就是年节里免费的娱乐场所，早早就备好了喜糖、花生、瓜子，笑脸相迎。难得的是她们那份耐心，喜欢听的，不喜欢听的都得听着，任由半大小子开过分的玩笑，任由床单起皱，枕巾、毛巾乱飞，纸屑、皮屑撒满一地。从始至终，新媳妇就摆好了一个微笑的表情，不急，不恼。

不能错过的还有一家，位置在三面开放的生产队大院，东厢房靠边有一间带着格子窗的屋子。每到过年，那里就有一个俏拔的身影闪进闪出，勾得人们总想从那儿路过。其实，我们说去呀去的，谁都不敢进屋，只会堆在人家门前叽叽喳喳，引得人家出门。每逢这时，屋里的女人便放下手里的活儿，很知趣地撩开门帘儿，但从来不让我们进屋，也许觉得屋里太小太寒酸了。只是在手里抓着一把糖，一边说着吃糖，一边指认着谁是谁谁家的孩子。

大家就乘机打量：方头高跟黑皮鞋，黑白细格子裤，奶白色的大翻领西服，淡青色的衬衫尖领翻在西服外面。当时有出样板戏《龙江颂》

演得正火，里面的主角是大众偶像，名叫江水英。因与她的头型、身段儿都像，我们背地里都喊她这个名。至于她真名叫啥，谁都懒得问，管它呢。

她跟江水英还有个地方像，就是满口的京腔京韵。是的，她就是北京人，平时忙着上班，只有休年假时才能到此与丈夫一聚。

她多数时间总是拆拆洗洗，偶尔也串串门儿，说些客客气气的套话。她喊我娘"婶儿"，听上去轻松婉转，不像当地用后鼻韵母发出的"婶婶"那么生硬。有一次她跟我娘悄悄说话，绕来绕去一直说不明白，我看着都费劲。要说还是我娘聪敏，推她一下说，放心，群众眼睛雪亮，他除了爱喝酒的臭毛病，乱七八糟的事情一概没有！不知为啥她红着脸娇羞地笑了。

年晚上无处可去，喜欢热闹的都拥向学校去追捧海哥的戏，整本的《西厢记》京剧版的，是他自己从越剧中套过来的。戏从初二唱到初五。整晚只有他一个人在演，没有幕布，没有乐队，没有化装，素颜，素演。羞怯的崔莺莺、泼辣的红娘、多情的张生、古板的老夫人惟妙惟肖，有板有眼，纹丝不乱。吸引观众全凭着真功夫。

江水英站在台下，人群本能地与她拉开些距离。人们盯着台上，偶尔也瞟她一眼，都朝着台上喝彩时她不喝彩，都笑的时候她不笑。

她笑不出来，台上的海哥就是她丈夫。

她心里应该是有落差的。当年的海哥简直就是金凤凰，高枝就搭在北京城，当过中央首长的警卫员，当过汽车制造厂厂长，连唱京剧的功夫都是私下里跟袁世海偷学的。可命运无常啊，谁料想一个大跟头又让他栽回了千里之外的泥土里。他被遣送回乡的时候家里早就没人没房了，队里念乡党之情给他腾出一间破仓库，盘了一个土炕就算是他的安身之所了。在村里，他成了典型的光棍汉，一个人的日子过得有一口没一口的就迷上了喝酒，醉了唱，醒了也唱。干农活的间隙，他喜欢人家点戏，土老帽们眼界不宽，只有点不出来的，没有他唱不出来的。大概只有在那一刻，他才能找到过去的一丝得意。

村里的男人女人常常在背后议论：这个女人真傻，一辈子就白瞎这儿了。

我娘以她见多识广的口吻感慨：北京是哪儿啊，首都啊，高楼，汽车，五湖四海的人。这个媳妇真够意思！

也许是碍于丈夫的身份，也许是碍于小破房的破旧，这个光鲜的女人，来来去去的神情中自有一种落地凤凰般的落魄。但即使是这样，也阻挡不了她每个年迈向低处的脚步。

好多好多年，她成了乡下过年的一道风景，直到海哥因肝病去世。

后来我长大了，也在城里安居了，每逢年节都没得商量，必须跟着爱人回村小住，因为他的父母在乡下。有时虽恋着城里的舒适，去意勉强，但想到夫唱妇随的古训，也就入乡随俗了。

那时候的冬天还特像冬天，冷得出奇，我们有时冒着大雪，有时踏着寒冰，说是骑自行车，往往推的时候比骑的时候多。心疼孩子脸冻得铁青，手脚冰冷，便占了理似的一边走，一边抱怨，爱人也就耐着性子接着话茬，输了理似的一边走，一边哄。直走得浑身发热眉发皆霜，还未到村口，只见兄弟姊妹早就喊着叫着扑过来迎接了，路上的种种怨气也就被眼前的感动弄得稀里糊涂烟消云散了。

一进院子，看哪儿都打扫得干干净净，心里也就透亮透亮的，便顾不上休息，帮着家里和面，蒸馒头，包饺子，在热气腾腾的屋子里穿来穿去，很有些喜气洋洋的感觉。

后来，市场经济的繁荣改变了许多事物，也更新了许多观念。随着弟妹们一个个成家，多半也是冲着过年少受一份罪，我们也像其他人那样，用一把大锁锁住了院落，把婆婆接到城里住了。再后来，那条街上的几户人家都陆陆续续迁到了城里，杂草、野菜、藤蔓漫过了长长的街道，隔着门缝张望，各家的院子都长出了一片热闹的丛林。

我们就开始想年，乡下的年。

我们想年的时候，迁出去的乡亲们也在想，于是，回家盖房又成为时尚，铲草种花，铺砖砌墙。农家院打理得一家比一家美。过年时成群结队地走门串户，相互间嘻嘻哈哈开着玩笑，觉得乡下的年味渐渐找回来了。可是，静下来细观，人面桃花，好多人家的媳妇都非故人。慎问之，对曰：不是离家的旧者勾回了新者，就是守家的旧者被新者勾走了。

忽然就想念起了江水英，想念起再也回不去的乡下年。

年关之二：平顺年

娘被突如其来的疾病重重地扼在床上。

她全身瘫痪，不能说话，也不能吞咽。她无法接受这样的事实，我们谁都无法接受这样的事实。娘是多么风趣伶俐的人啊，几天前她还独自走街串巷，看望她的同龄人，感叹来日不多，要好好爱惜身体，尽量不要给儿女制造麻烦。想不到，眨眼工夫她的麻烦就赶着追来了。

一开始，娘的状况还没有这么严重，我们将她送到医院，医生说要进急救室，要用最好的药，我们忙不迭地答应着。急救的时候，她咬破舌头，乱拔输液管。医生不得不把她的胳膊拴在床栏上，口里塞上纱布。我说，娘您躺着我们就有娘叫，您走了我们这辈子就没娘了。她不再挣扎，由着一瓶接一瓶的液体源源不断地输入体内。几天下来，她的病没减轻反倒越来越严重了，我们问医生，医生说，这病本来就是没准儿的事，或者好了，或者更严重了，个人体质的事。我们不懂医道，也不会闹事，就问下一步怎么办。医生又说："开颅吧。"我们说："开颅一定能好不？"医生说："还是体质的事，或者好，或者更糟。"娘已经80多岁了，有了前面的教训，我们不敢再拿老人家做实验了。医生就开了张病危通知单，说没有多少日子了，回家准备后事吧，就让出院了。

躺在老家的床铺上，明显地感觉到母亲的情绪放松，病情似乎平稳了一些。我和哥哥便做好了打持久战的准备。我负责每日的擦洗，哥哥负责将每一顿饭菜打碎，用针管推进通向母亲食道的鼻孔插管内。乡亲们不断到家中探望，天生自尊的母亲神色中显现出一种悲戚和羞涩。她一定觉得命运在戏弄她，让她跌进了自己的话里，她拖累孩子了。为了安慰母亲，我就给她开起了玩笑：真是精明啊，瞧您病得多巧，我们忙上班的时候顾不上您，您不病。我们都退休了，正闲得无聊难受呢，您就给我们找了个守着您的机会，您是在成全我们孝顺的名声呢！母亲的脸上终于露出笑容。她释然了。

周围的人事渐渐淡出了，我们的世界里只剩下了母亲。晚上，我紧贴着冰冷的北墙，与母亲挤在一张小床上，时光回到了生命最初时的状态。我暖着她，就像小时候她暖着我。这是我们都需要的一种依偎方式。因为母女的情分只有此生，而且刻不容缓，下辈子我们不管怎样寻觅也找不到认不出对方了。

我们家原来只有五口人，父亲走了，姐姐走了，家里只剩下了我们仨。旧院子，旧房子，旧家具，犄角旮旯里残存的记忆，拽着慢悠悠的旧时光，荡啊荡，我觉得我们幸福极了。

其乐融融过了几个月的光景，母亲的状况显得有些不好了。开始是双脚冰凉，然后是双腿冰凉，医生说，即将走的人都是这样的特征：血脉渐渐不通，直至全身。老人家撑不到过年了。

我每天为母亲刷牙，也挡不住她呼出的异味，不停地为她擦洗，但由于躺的时间太长，血脉流通不畅，她的腿上还是开始出现小片的溃疡，我们为她抹药、烤电，好了这里又出现在那里。娘这一辈子自尊自爱极为讲究，她绝对忌讳这样的事情发生。于是，她拒绝进水、进食，她铁了心地要在年前自我了断。我们一边暗暗为娘准备后事，一边央求她再陪我们过个年，我们说，家里只有咱娘仨了，挺过了眼前这个团圆年，以后的年过啥样就谁也不知道了。

娘只留一口气在喘，整日处于昏睡状态，很少睁眼。大概是在节省体能吧，因为她浑身消瘦得几乎摸不到肌肉了。初一那天，娘破例大睁着双眼，一上午都在接受一拨拨后生的拜年，消瘦的脸上荡漾着喜气。串门的直夸我们孝顺，说伺候得好还是真见好，过了年说不定就真能起床了。只有我们知道娘是在强撑，撑我们的面子。正月十五之内都算年，过了年，又担心娘过不了十五，我们家平时很少麻烦别人，欢欢喜喜的日子我们怎能给亲戚朋友、街坊邻居添堵呢？我们又在娘的面前念叨，娘果然配合我们顺利度过了十五。娘不停地呕吐、腹泻、高烧、昏迷。当天，娘的老闺蜜们摸着娘的手说，你十九那天再走吧，十八你娘家村闹红火，让后代们高兴完了再来哭你。

娘在正月十九晚上 10 点走了，享年 86 岁。

村里人都觉得奇怪，怎么说让十九走，就等不到二十呢？老闺蜜说，这有啥奇怪的，她早就跟俺们约定好了，说临走的人有哪个不留恋人世的？牵挂的事情太多了。真要是哪天她熬到了活受罪的份上，又恋着家人不肯走，让俺们记着去劝走，不给孩子们添负累。

娘是个明白人，她天性决绝，绝对不是苟且贪生之人。她能够强忍病痛磨着性子陪我们走过每一个节日，实实在在是为成全我们的孝道。娘 17 岁结婚当媳妇，苦啊难的经历了很多。从年轻到年迈，整整一生的奉献和付出将娘掏空了，娘实在没有能力再为孩子们奉献什么了。而维持一个和和顺顺的平安年，是娘对这个家的最后奉献，也是她唯一能做的奉献了。

这是一个母亲熬干身躯，烛照后人的最后一丝光亮。

年关之三：年的那扇门

年就像被谁埋在了岁月的深处，在人生的一条条必经之路上存留。人们向着前方走啊走，走一程，翻出一个，再走一程，又翻出一个……红尘中的行走因此便多出了格外的惊喜。

小时候跟老师学着认识长度单位，拿着直尺在作业本的一条条直线上比来比去，一厘米，两厘米……几点标注，就让没有准备的线条承载了某种明显的意义。

我想，年也如此吧。混沌苍茫的时光里，年忠于职守，勤勉认真地绾系着一个个映照岁月的漂亮结绳扣，那些完满美好的标志性注释让时光灿然，让记忆清晰可触。

人，固然有无尽的潜能和耐力，不然，怎么会比赛似的把一个个年远远抛在了身后？但年确实也很牢靠，走不老，走不丢，不像人，人这一生简直是白驹过隙，倏然而已。不禁走。要是比赛，人再怎么走都走不过年，你瞧，一个人走完一生需要几十年，懵懂的少年，青涩的青年，沉重的中年，无奈的老年，转瞬间，一生过去了，年还在。很多时候我们掰着指头像模像样地在数年，实际上是年在数着我们，我们却什么也不知道。

我们是谁？我们是被命运抛在人世间的一茬茬拥挤的过客，搭乘着年的马车，在嗒嗒的蹄声里追云逐月。在年的身上，我们闻到了花的香气，草的香气，禾的香气，还有阳光的香气。日复一日，年始终忠心耿耿地驮着我们过不好不坏的生活。前赴后继地，只要我们不放弃，年就从来不放弃。所以，重要的时刻，我们拜天地，拜父母，还不能忘记拜拜年。

许多文人墨客对年情有独钟，也多有描述，清朝的孔尚任就专门写了一首关于新年的诗，曰："萧疏白发不盈颠，守岁围炉竟废眠。剪烛催干消夜酒，倾囊分遍买春钱。听烧爆竹童心在，看换桃符老兴偏。鼓角梅花添一部，五更欢笑拜新年。"那叫一个癫狂！堪称年的"粉丝"啊！白发老翁都见年颜开，失态如"发烧友"，何况小儿乎？

教人如何不想年！

每年，也会有许多人被搁浅在年的门外，大人、儿童，健康人、病人，天灾、人祸……不一而论。

那一年，父亲早早就满心希望地向着年进发，却最终因车祸与几步之遥的年失之交臂。面对悲恸得生不如死的母亲，我们束手无策。那一年，母亲68岁。我们说，坚持一年，看看重孙，第二年又说，再坚持一年，看看重外孙。每一年，我们都拿一个预定目标诱导她，母亲便孩子似的直盯目标，心无旁骛，调动各个器官参与盼望。流年易逝，母亲身后早已堆叠起厚厚的86年光阴。直到去世前，她居然耳不聋，眼不花，思维清晰。我知道，母亲最后这18个年头过得尤其艰难，能撑下来，全靠着我们递过去的信心的拐杖。她将自己漫天的孤独全部安顿在这个小小的支点上。每次鼓励母亲的时候，我常常会联想起儿时一个与其极相似的画面：年轻的母亲一边给我喂饭，一边说吃一口，长大个儿，再吃一口，就长大了。一口一口，年倏忽而过，年轻的母亲音容犹在，我长大了，变老了，母亲便显得更老了，最后变没了。

岁把一切都托付给了年，年严守着岁月的秘密，秘而不宣。不是吗，你知道草尖几时绿，花叶何时凋？你知道前方是谁的驿站，又是谁的归途？

年是物质的，热气腾腾地飘散着千家万户锅灶旁的香气；年也是精神的，浓浓地牵扯着千里万里血脉间的情思，从而衍生为一个家庭，乃至一个民族的精神图腾和文化符号。

年到了，旧的背影正在远去，新的憧憬正在赶来的路上。背景、心境，调试着人们看年的眼光，但不管你看到的是朱门，还是柴扉，那都是年，年为每个想家的人都留着家门。

也许，人生中的好多东西都是虚无的，但是，年在虚无中真实着。我们跋涉在四季的风中，朝暮之间，一路欢笑；苍茫之处，一路悲歌。收拾收拾，让我们将萤光之火融入日月之辉，将酸甜苦辣的心绪融入各种命运的交响曲，向着年进发！

年到了，抖一抖身上的尘土，轻轻举起手指，来，小扣门扉吧。

温暖就在开门的刹那。珍重。

那些乡间的事物

留在大地上的乡村，美得像夹在《圣经》里的一页页篇章，寂静，朴素，暗藏哲理。

风景的帷幕是从黎明前的第一声鸡啼拉开的。

星星的倦眼还眨在天空，乡村和四野依然沉睡，夜色中，蹲在鸡架上的鸡便开始在黑暗中叽叽咕咕酝酿，选择在一个怎样的时刻，以怎样的姿态去完成一天中最为风光的使命——让天惊让地动。

夜露滴落。晨风忽起。曙色微透。

喔——喔——喔——，雄鸡很抒情地开始了原声版的歌唱，那声音擦过暗夜，擦出金属般的质感，滑翔在村里村外，听觉的天空中就有了清而脆的高亢弧线。

村庄醒了。

谁家的门吱呀开了，院子里晃动着皮影般影影绰绰的身影。一扇扇门陆陆续续打开，街巷里有了脚步声，村外有了脚步声，田埂上有了脚步声，声音的涟漪一圈圈渐次荡开，浸湿了田野。

露珠爬在草叶上，自顾做着晶莹的梦，等待着在彩霞飘起的时候，走完色彩斑斓的一生，裤脚擦上去，梦就被带到了别处，至于留在了哪里，露珠自己知道。

大块地在村庄的远处，与邻村的土地相连，就形成了各色的汪洋，浩瀚的背景之上，人在其中不像是主宰，倒像是可以自由行走的一株株植物。没错，土地上的人终日与土地厮守，与庄稼相依，千年稼穑，何曾少了人的影子？人可不就长成土地上脉脉相承、永不绝种的一种植物了嘛！

大块地远离村庄，不便溺爱，大多会种植一些皮实的大庄稼。它们在苍天的护佑下像一个个被放养的孩子，遇光即壮，见风就长。青青的玉米，怀揣籽粒，像孕身乍现的婷婷少妇，青涩中透着成熟，向外散发出裹不住的咄咄逼人的生命气息；红红的高粱，如同个子高挑的北方汉子，挺胸昂首，以最为流行的健康肤色，张扬着农家子弟的朴实；那些收敛很紧的棉桃，心怀锦绣却静静地挤在低处的枝头，悄然养心。但阳光很毒，棉桃往往禁不住阳光的诱惑，几个晴天下来，便骤然打开了满腹白花花的心事。大地上的植物还有很多，有沉思的谷穗，埋头酣睡的红薯、土豆，一心向上的芝麻……

一些无所事事的豆荚也挤进了庄稼地里：黄荚里是黄豆，白荚里是红豆、豇豆，那些状如乌鸡爪的黑荚里藏满了密密实实的绿豆。

穿插在庄稼地里的除了穿着花花绿绿的人，还有一些活物，停停歇歇日夜鸣唱的是蛐蛐儿，不声不响跳来跳去的是蚂蚱，蚯蚓在土下潜行，蝴蝶在花香里振翅，一些鸟儿不属于土地，它们如过客飞来逗留，又迅速离去，不知想了些什么。

阳光无遮无拦地从天空铺了下来，照得地气升腾，光与气在土地上空形成了一波波的流水纹，阴阳先生称之为地脉。地脉旺的地方水纹就明显。太阳光强烈的时候，稍加注意，就能够看到晃眼的水纹在大地上游走，远远望去，像一道静静的水帘，似梦似幻，秘不宣人。

园子散布在村庄四周，各家都有一些，多种些时令蔬菜，人们统称菜园子。由于离家近，抬腿即到，闲不住的庄稼人就把一些细碎的心思绣花一样用到了这里。几畦绿菜，用栅栏一围，竟有了观赏的味道。村子里消失的水井，在这里还能看到。辘轳架在井上，老人摇着辘轳。一桶桶井水顺着垄沟流进了菜地。小孩儿兴奋地划拉着沟里的清水，偶尔与老人一问一答。这场景最接近田园的味道，也最容易走进离乡人的梦境。

如今的离乡人越来越多，他们纷纷去寻找理想中的天堂去了，外面的天堂不知是否能找到，可他们忘记了，他们离去的地方就是天堂。在他们离去的地方，花自然地开，果自然地熟，老老少少自然地生活，一切都遵循着亘古的秩序。

依稀记起了一段诗：……既然世界这么好地做着自己的事情，既然集市上膝头沉沉的老马和垂着脑袋的牛群温柔地走着，祝福乡村和它的全体居民吧……

很想画一幅画：暮色中，老牛甩着尾巴隔着野地里的酸枣树、野葡萄、奶秧子、野蒿子、蒲公英、狗尾巴草，回望着一株欢实的搭在高处的粉红色的牵牛花……然后，悄悄地装进每个离乡人的行囊。

故园坐在乡愁里

那个村庄有一个不像村名的名字，曹公泉。很拗口，很老气。因了三国时有关曹植的一段传说而得名。

我曾屡屡站在我们村口翘首东望，尝试着看到那个村庄，结果却一次次徒劳。但我闭着眼睛也能知道它在哪里，它有多远，它长什么模样。没有别的，对一个十里开外的村庄的所有熟稔程度，全都来自一双花布鞋深深浅浅的丈量。

那时的我仅仅十来岁，每年年关，娘总会蘸着清水把我的羊角辫梳得光光的，然后十分温柔地帮我洗脸，抹香粉，换新衣，穿新鞋。最后，托一个挑着担子走亲戚的邻居捎带着我到曹公泉去走亲戚。冷风中，那个人的扁担一闪一闪的，我只有快走才能跟得上。装满年货的竹篮子死沉死沉的，我一会儿换到左胳膊，一会儿换到右胳膊，乡路好漫长啊，走上一路，两只胳膊上就印满了红杠杠。黄土路将我的新布鞋蒙上一层尘土，走走，跑跑，歇歇，过了一个村庄，又过一个村庄，然后在那座叫作儒山的山道上绕啊绕的，翻过一个高冈，穿过通往村里的山岩石头路，才能抵达那个带着出厦的门楼下，一二三，踏上第三层台阶，坐在青石墩子上沉沉地叹上一声：到了。

那是我少年时步行走过的最长的路，那种累一直存留在我的记忆里，每每想起都能感觉到一种疲惫。

母亲不怕累坏她的女儿吗？舅姥姥，我算不清那是一种什么样的亲戚关系竟能让母亲如此牵念。

后来，在母亲一次次无意的闲谈中得知，曹公泉是她的姥姥家，小时候因为家里姊妹兄弟多，她和大姨就一直生活在那儿。母亲谈起小时候的经历，比如赶会、看戏、上树、游戏等，背景都是在那里。

大姨一辈子漂泊在外地，80多岁的时候进入重病状态，那时她只要见个人影儿就会迷迷糊糊地喊姥姥、姥姥，仿佛一个缠磨人的小孩子。母亲擦着眼泪说，估计是不行了，她这是想回家了。姊妹相知，也许是想帮大姨了却心愿吧，大姨的丧事刚刚办完，母亲就急匆匆跑到她姥姥的坟上告知：大闺女回来了。今年，母亲也去世了，去世之前她啥都没有来得及说，也说不了，她得的是瘫痪失语的病。假如她能够说话，她会说些什么？她有遗憾之事吗？

母亲走了大半年了，夜夜睡眠时我都渴望梦到她。前不久我真的梦到了。梦到我回到家乡竟然认不得回家的路了，梦境中的村子非常的美丽洁净，其他物象都是空白，画面鲜活的唯有村子北面顶天立地的青幽幽的山峰。这是哪儿？在山的左侧，我找到了正在晒着太阳的母亲。她不言不语，站起来往左走，往后走，又往右走。我默默地跟在她的身后……这个梦境光明欢快，醒来时我的心里一片释然。

前几天听说神钲书院的社员们要到泉上村去采风，当我知道泉上村就是曹公泉村的学名时，竟然产生了一种重走老路的冲动，我想去看看40多年前我一步复一步迈向的那个村庄。

采风的车没走老路，从武安城开始一直走到村南，全是柏油大道。

进村观看，干干净净的街道一尘不染，没有死角。这与村里实行的垃圾分类"三三三"模式密切相关。这一点，堪称新农村之新的典范题眼，抓得真准啊。顺着街道一直向北走，几步一景。墙壁文化与实景文化相映成趣，修旧如旧的街景洋溢着一派田园牧歌的惬意。

马刨泉的水流是一个引子，它依偎着旧古道欢欢喜喜往村北流，我们跟着它一路来到了曹植广场。这是村庄的最北头。周围的旧房旧屋早已没有了踪影，广场西边，只留着一处沧桑老屋的实景：一座孤零零的旧宅，大门落着锁，带出厦的门楼下有着两个青石门墩，一二三，三层台阶。天啊，这是太姥姥的家！这还不算最惊喜的，最惊喜的在下一刻。我们跟着水流继续往下走，走到最低处就是一方蓄水池，村里人称其为水库。守水库的老人长着与我母亲十分相像的脸型。基因的符号真是奇怪，它渗透在每一寸肌肤，雕刻在每一个表情。我站在他面前，他十分肯定地说，你是二妮的闺女，我知道你娘不在了。他是我舅姥姥的儿子，我的亲表舅！同行的人很热心地用我的手机为我们拍了一张合影。我说，改日上坟的时候您代我给太姥姥招呼一声吧。

告别之后，我随着人们转着圈参观了健身区、回澜古阁、村史馆、戏台，最后当我站在广场北面的假山下时，前些日子那个奇怪的梦境突然在脑中浮现了：青幽幽的一排山峰顶天立地挡在村北面……眼前写着北方雄关的这座假山分明就是它的微缩版！

我是一个彻底的唯物主义者，但恪守着一份孝心，还是依照梦境中母亲引领的路线，进行了寻找定位。左，后，右。我走过假山左侧，朝着那个旧宅行了注目礼。那里住过我的太姥姥，住过我的舅姥姥，住过小时候的大姨和母亲，如今，去的都去了，它依然孤零零地站着，以后也许还要顽强站下去，直到成为遥远历史的一处标本。往后是一处古庙，庙里供着佛爷和关公，里面没设功德箱，我只好对着神像分别拜了三拜，替母亲感谢他们对这方土地上所有生灵的守护。再往右走就是因地制宜的健身园了，里面全是传统游戏的装置：秋千、地牤牛、跑山羊……这些都是过去正月里才能享受到的玩意儿。我觉得很是稀罕，就选了一架秋千坐在踏板上，拉着绳子往后退了几步，突然把双脚抬起，整个身子便腾空悠哉起来。晃晃悠悠中竟觉得秋千架上坐着的不是我，而是一个扎着羊角辫，穿着花布鞋的小女孩儿——那是我少年母亲的影子吗？那么，那个拎着竹篮走向这里的女孩儿又是谁呢？羊角辫，花布鞋，母亲要把我打扮成谁呢？我似乎理解了母亲当年的不心疼：也许装在篮子里的不仅仅是年货。倘若那样，我走过的也就不再是路，而是母亲一寸一寸割不断的乡愁。而今我华发丛生，却不合时宜地坐着秋千荡来荡去，又是荡进了谁的乡愁呢？隐隐间我似乎看到了母亲欣慰的笑容。

　　古街，古槐，古庙，古阁，古宅，这里是母亲心心念念的故园。如今，说不清是我带她回家了，还是她带我回家了。"一方矮矮的墓"，是余光中的乡愁；"没有年轮的树"，是席慕蓉的乡愁；我的乡愁在梦里梦外，梦外是一只竹篮，重重地压了我大半生！梦里是一脉青山，轻轻地飘出了梦外，落在母亲的故园！这乡愁化不开，载不动。因为它来自两个不同的空间、不同的世界，它是一对母女两代人共同的乡愁！

家在两岸

　　提起南水北调，总会联想到地理书上那条飘带一样的大运河。作为一条人工河流，它的两岸锦绣，水中旖旎，包括飘荡在风景背后荡然远逝的万千故事碎片自不必说，我杞人忧天的是，完成这样一项贯通南北的巨大工程，该耗去多少个白昼黑夜，征用多少的民夫劳役？于是，一想到"气吞山河"这四个字，我就不禁在心头捏上一把汗，因而，便视其为一个充满历史豪情和理想主义色彩的缥缈神话。

　　我的家在冀南平原，漳河，滏阳河，洺河，这些河流，曾经灌溉过一个个青了黄了的季节。不知从什么时候开始，河里的水位越来越低，以致渐渐遁形，之后，一个个村子的水井干了，村民们不得不往大地的更深处寻找水源，他们建水塔、钻机井。辘轳，井绳，环村的小河，都成了农耕时代的标本。怀旧的伤感中，我们并没有感觉到自己正在被水越来越远地遗弃……

　　2013年的一个春日，应朋友之邀，我看到了盛开在现实中的一段神话——我纵览了南水北调中段工程的邯郸段工程。它南起磁县与安阳交界处，北至永年洺河的接壤点。全长 80 公里，仿佛一截粗劲的大动脉，呈倒梯形镶嵌在大地的血肉里。

同行的是市南水北调办的工作人员。也许是心理作用，在水资源日益缺乏的今天，任何一个和水利有关的人都仿佛让人感受到一种遐想的湿润。我说：你们多幸福，一生都以水为伴。他们笑着说：哪里啊，我们只是先行者。工作不好做啊，老百姓不理解这是在为他们办好事。是啊，他们是牵着河流行走的人，水过之处，寸寸都是农民的土地。他们是先行者，他们得替水说话，替水求情，这情实在是难求啊。

我的村子距离主干渠还有十几里地。渠道没有经过，但工程所需，村东的土地被深深地起走一层，高出的地块，变成了齐整整的洼地。这对视地为命的村民来说，的确难以承受，更何况每一户有每一户的不同诉求，他们该如何满足这种种诉求？

河流在后。

肩负着水的使命，这些先行者要做的是征地、迁坟的前期工作。在村民眼里，那条福祉之说的河流，还只是水中月，镜中花。而共同的利益面前，每个村子几乎都是铜墙铁壁。他们用怎样的语言借助了水和镜子，开启了千家百户的一把把心锁？

他们没有谈酸楚，倒是说到令人肃然起敬的一件事：一个老人主动找到工程指挥部说，我们家的地本来就占了开渠的地方，自然应该给渠让道。这种反常的举动，让好多人都觉得匪夷所思。其实，这是一个知足的老人。他对土地、对河流，甚至对自然万物都充满了虔诚，正是有了这些懂得感恩的人，才给先行者的苦寂旅程增添了一丝丝清凉的绿荫。理解，是心灵之间的相互灌溉。

我们首先到达的是最南端的施工处。渠堤下面，一排排简易房已经搬空，渠堤上一组组青白相间的廊柱淡雅、疏朗，阳光照在上面，光斑交错，犹如生动的眼眸。它的脚下就是著名的穿漳河倒虹吸。倒虹吸犹如倒过来的彩虹桥，将南来之水容纳在那弯弧心之内。倒虹吸上机关重重，有冰冻时节的排冰闸，洪水暴涨时的泄洪闸。

站在那排高高的廊柱下，我们照相纪念。向北望，远处的漳河滩砂砾遍地，一片苍茫，老树虬枝上一派简约，无鸟雀登枝。荒凉的背景中，我的心却不荒凉。这安定来自我背后庞大的水闸枢纽，我知道，一种力量早已在我的脚下蓄势待发。来自廊柱上闪闪烁烁的光斑，那光斑映照着太阳光华，仿佛佛之千眼，在她仁慈的注视中，我早已从此岸望到了彼岸，那里华声绽放，人旺花繁。

在永年城西邓底村与台口村之间的洺河上，我看到了一座大型的渡槽——洺河渡槽。渡槽工程施工已进入收官阶段，现场仍有大卡车来来去去，偶尔有戴着安全帽的工人走过，仿佛雄壮的交响乐之后，落在后面的余音。

石缝中的一丛丛野草茁壮茂盛，书写着生命的轮回，它习惯了河滩上的空旷，如今却与这飞来的现代建筑在此相遇，它们共同相守在此，笑迎风雨雷电，成为洺河历史上最为壮丽的奇观。

在大日头的照耀下，洺河渡槽像一尊古代的酒鼎，它连接着上游河道伸展的百合一样的双臂，期待着来自南国的玉露琼浆。不久的将来，这里将呈现河流的旺盛，粗壮的酒鼎将把月亮、星星、晨露揽于鼎内，日夜吟唱，陪伴两岸的烟火生命，给家乡的人们带来欣喜，带来生趣，带来万物茂盛，花开遍地。

一脉理性的河渠将走过我家乡的土地，给两岸众生带来欢欣和从容，让行将干瘪的老旧生活闪动湿漉漉的光亮。

徘徊在仿佛已经变湿的渠道两岸，我几乎可以看到万顷齐头并进的波涛结伴而歌，欢欣奔来，刹那间，风声、雨声、雁鸣、鸟语……声声入耳。

街巷

　　站在南岗往下看，我们村的街巷大体像一架排骨，贯穿东西的脊椎是村子主街上那道抢眼的石堰。无奈的石堰就的是南高北低的坡势，从村东开始便将主街分成上下两道，越往西地势越平坦，石堰也跟着降低，低到渐渐消失，上下道自然合二为一，才使大街恢复了正常。于是，不正常的情况便随着正常开始出现，每遇大雨，东边的水往西倒流，邻村戏称：杜庄村倒流水，男人都是秃舌嘴。也怪，我们村女人伶牙俐齿，气死八哥，男人却大多吐字不清，常常将"zi、ci、si"误发成"zhi、chi、shi"。

　　主街两旁延伸出枝枝权权的辅街，大体上倒像肋骨，却并不像肋骨一样排列有序，它们非常随意，有宽有窄，宽的能容驴车过往，窄的只容两人并肩。整体看上去就像小孩子在画意象画，想的是"是"画出来的却是"非"。

　　街道草率，院落房屋便露出了节俭，袖珍的小屋挤着一家人，袖珍的小院挤着几家人，家里盛不下那么多孩子的快乐，孩子们便冲出院门，喊着，跑着，追着，打着，从一条街巷穿过另一条街巷，曲里拐弯，将体面的大街、不起眼的小巷统统折腾得生龙活虎。

大人们手拿活计匆匆走过街巷，专心致志地重复着一天天一季季一年年的真实生活，不想表演给哪个看，却偏偏在无意中被孩子们偷学了去，当作游戏在街巷里演绎。他们崇尚力量与智慧，比如对拐，比的就是单对单的力量：两个小儿左腿独立，左手像抱着冲锋枪似的抱着右腿的脚腕，让右膝盖弯曲成进攻的武器。左脚弹来跳去，右膝掀来顶去地比输赢，几番顶撞，身虚体弱的总会败下阵来。比如挑兵马，比的则是合作的力量：手拉手的一拨人马，与手拉手的另一拨人马相对峙，双方交替喊着号子挑对方的兵过来破阵，猛冲过来的兵如果能将拉着的手冲开，就旗开得胜地带一个兵回到原来的阵营，如果冲不开就留下来归顺对方的阵营。另外还有比智力的类似棋类的游戏，有狼吃羊、跳坑儿、炮打洋鬼子，还有女孩专玩的抓子儿、踢包儿、跳绳儿等。最有神秘感的是夜间常玩的猜活儿游戏：一个人用双手紧捂着另一个人的眼睛，让一个个模仿各种干活儿动作的人依次从眼前走过，捂眼睛的人按表演者的动作宣告着、提醒着：锄地的过去了，拉车的过去了，挑担的过去了，织布的过去了……最后将手撒开，被捂眼的人一边摇着脑袋眨着眼睛适应环境，一边指认着刚才是谁拉的车，是谁锄的地，却往往张冠李戴，惹得深夜里笑声四溅。

街巷里的孩子每天都自给自足地创造着快乐，觉不到时光在悄悄流逝。不知什么时候，好像巷子里刮过几阵风，下过几次雨，飘过几场雪后大家就各奔了东西，女孩子像蒲公英的种子似的轻飘飘飞走了，飞到了外村、外地，男孩子像根似的留了下来，也各奔各的活路，转眼间，街巷里窜来窜去的也都换成了新面孔。

2008 年的秋天，我回乡参加了一个葬礼。死者比我大两岁，是我的儿时伙伴，那时候我们都喊他三哥，记得玩猜活儿游戏时，他总是"刨地、锄地、犁地"，怎么模仿都离不开地里干活儿的动作，长大后果然就一直围着土地转，成了侍弄庄稼的一把好手，他是在收割玉米时一头栽在地里过去的。

从三哥家到坟地本来不需要多长的时间，但庞大的队伍却不走直线，一直在街巷里绕来绕去，纸钱飘飘洒洒扬了一路，显得非常挥霍。春夏秋冬几十年了，三哥的路走到了尽头，再也走不动了，他一辈子躬耕田野，这是他第一次，也是最后一次风风光光地被人抬着走街串巷，也许是死者为大吧，农村的葬礼繁文缛节规矩挺多，队伍不得不停停走走。趁着停的工夫，我时不时左顾右盼，却发现走过的都是几十年来我梦着、想着的地方，我用眼睛急切地抚摩旧时的什物，我看到，主街上的大碾盘还在，那块刻着棋谱的卧牛石还在，只是我家老屋的门不知哪年哪月已被买主堵上，由于后砌的砖和灰与老墙不同，墙上便留下了门洞的影子，看上去像一挂帘子。门前的一溜大石头还在，那是大人们吃饭时常坐的地方。可能是见多识广参照物变了，我觉得街道窄了很多，破旧了很多。一路走过，我看到时光这个无形的虫子不但啮噬着曾经的街巷，还将一座座院落掏蛀得千疮百孔，有的房屋翻盖了，几个院合成一个大院；大多数房屋坍塌了，街门上着锁，房屋却朝天张着豁嘴。其实，这并不是因为贫穷，是流感一样的富贵病诱引着村民们一次次抛弃旧屋，像种植庄稼一样在村外或别处辛勤地种植着越来越大的房屋，致使丢弃的街道越来越多，村庄成了外表光鲜的虫蛀大白菜，走在其中，感觉摇摇晃晃的。

我向旁边人打听现在是否还有人在街巷做游戏，人家撇撇嘴说，现在家家都有电脑电视，谁还稀罕上街穷玩，再说，小孩在本村上学家长都要接送，即使孩子愿意在街上跑，家长也不放心，每天一擦黑，街巷别说有孩子，大人也不见踪影。

我心里顿生一种难言的失落。

眼前的街巷曾经是一条条常春藤，那种野生野长的活力曾经灌浆一样地充溢过一拨拨鲜活的生命，它们是从什么时候开始枯萎的？对现在的孩子来说，它是幸还是不幸？

　　街两旁挤满了看热闹的人，他们盯着队伍交头接耳、指指点点，评价着死者，也评价着丧事，有时也评价队伍里的人。吹唱班自顾吹吹唱唱，抬棺的人大概看惯了生死，在人们的注目中，若无其事地走着，每拐过一个街口就例行公事地大喊一声"走了——"，不知道是替三哥向街巷告别，还是替街巷向三哥告别。不管怎样，这一声过后，三哥与街巷一辈子的情缘，就算是有了了结。

　　我们都曾是街巷里跑来跳去的生灵，在我那些或散落外地或留守村庄，现在正渐渐老去的伙伴当中，三哥不是走的最早的一个，当然，也不是最后一个，下一个是谁，谁也不知道。在无尽的时光面前，我觉得我们都是被蒙着眼睛的那个孩子，冥冥中只能被动地谛听：锄地的过去了，挑水的过去了……街巷很长，长得像世事，你过去了，我过去了，街巷依然还是街巷。街巷又很短，短得有些仓促，容不得人细品细想，眨眼工夫就改变了模样。

柳林渡：别样的时光

隔着长长的落地窗，无意间就看到了天边的彩霞和渐渐西坠的夕阳，不知是窗太明净，还是水气太氤氲，抑或是柳烟过分地迷离，坐在1990的酒吧里向西眺望，那个红得清亮、美如胎记的圆竟然跳过了经验中的审美，正含着光，含着汁液，干干净净地沿西天下滑。云，白得洁净；天，蓝得透明。一时间，天地澄明欢喜，半抹闲愁已溢出，几分妩媚待入画。美！

一条河正从窗外流过，静静的，缓缓的。

心里顿时便落下一幅写意：落日、长河。身临其境才知道，原来，长河落日，也不都美在大漠孤烟，眼前的情景，让人极想念温柔的王维。

蜿蜒于城的脚下，到底还是少了一些气魄，河是旧河，叫滏阳河，素面朝天，从太行山东麓一个叫滏山的地方匆匆赶来，沿途风尘仆仆、劳顿颠簸，弯弯曲曲绕过半个城市后在这个叫作柳林渡的地方精细梳妆，出落得五光十色。河里内容丰富：荷叶婷婷，莲花点点，鱼儿在水中游玩嬉戏。刚才经过时竟然情随景动，同行的青妹也有所感触，兀自背起了朱自清的《荷塘月色》："曲曲折折的荷塘上面，弥望的是田田的叶子。叶子出水很高，像亭亭的舞女的裙。"有人同和："层层的叶子中间，零星地点缀着些白花，有袅娜地开着的，有羞涩地打着朵的……"初秋的微风中，音乐版的《荷塘月色》也不绝于耳，忽然间暗香浮动，是荷在回应着——荷知道？

流水不腐。这条日行夜走的河原来并不是一条仅供观赏的河流，据说，明清时候是它的鼎盛岁月，大大小小的货船，将上游黑色的煤炭、白色的陶瓷，一船船运往下游的城市。即使 20 世纪 50 年代它依然还是运输繁忙的一条水路。后来，它渐渐告别运输的使命，变成了一条污水河。再后来，一次次清淤，直到变成现在的观光河。柔韧的时光中，它或急或缓的步履卷走了无数的喧嚣、风华、奢靡、芬芳，散落了一路沧桑的故事，包括它自己的一些传说。有人说，邯郸这地方，张口就能碰撞到一串成语，抬脚就能踢出一堆文物，这块地域积淀太深，走南闯北的滏阳河自有足足的底气与大气，你想要找东找西，跟定它，张张嘴，踢踢脚，俯拾皆是。

河上有桥，叫柳林桥，因遍地柳林而得名。此桥名声极响，原为三孔石筑拱券桥，桥身两侧各有一个吸水兽，两个兽头朝向河中，预示即使洪水来临也不会淹没桥身。桥两侧为石质护栏，柱头、护板均有雕刻，古朴规整，属于文物级别。听说它最早修建于明代，曾为滏阳河上著名的渡桥之一。去年，为了保护古桥，政府投资在古桥西侧开辟了一条环形航道，新旧河道就环成了一个河心岛，航船通过新航道航行时，自然就可以绕着看到旧桥的风姿风貌。新航道之上建有汉白玉材质的柳林新桥，桥身宽阔，气势恢宏，尤其到了华灯初上时分，桥头上下灯火辉煌，与河两岸金链般闪烁的灯光融为一体，便有种珠光宝气的妖娆，看一眼，简直美如仙境。此时，无论你站在桥头，还是漫步河边，都会产生恍若仙人的梦幻。

河流的西岸就有丛台酒酒窖。我不知道这个叫作柳林渡的地方古时候是不是酒旗飘飘，酒肆林立，遥想当年的船家兄弟一年四季浮萍般的水上漂流，到了这样一个盛产美酒的地方，不体验一次醉生梦死的滋味，实在是替他们惋惜。现在，河东岸就是酒吧一条街，各色的建筑，各色的风味，却有着一样现代而光怪陆离的名字：芭林卡、合堂音乐、陌陌、麦迪、0310 创意、巴兰水、七号鹿人、英凯……当然，还有荷塘月色，有的典雅古朴，有的新潮明快，想安静了有静吧，想闹腾了有闹吧，黄昏时分，这里会走进好多休闲的人和怀揣才艺的音乐人，光影、美食、歌谣、舞姿，会让人暂时脱壳般逃离那一层又一层的枷锁，领略另一种人生。

此刻，我就在场。

白驹过隙，忽然而已。角逐于职场，有几个不是身心疲惫？匆匆日月里你还记得自己是谁吗？停下来，让我们相约吧，二三知己，于红尘之中清茶一杯，美酒半盏。在擦肩而过的陌生里，给自己一个诗意阑珊的角落，静静地听一听民谣，唱一曲老歌，在彼此的相守相望中让心事泛滥，时光停留，让遗落在心底的旧梦悄悄织成珠帘……

酒吧之于心灵，只是一个比喻。万物之中，一通皆通。蓝天放逐白云，流水放逐浮萍，在薄凉的人世，酒吧的意义在于给我们敞开了另一片世界。其实，这世界处处皆有，只是，我们是否肯走进去，走进去是否能与真正的自己相遇？

夜色将近，霓虹初起，一派旧时的光影就那样晃晃悠悠地落在了柳林渡，落在了 1990 酒吧的窗里窗外。

那一片家园

在大小车辆的拥挤繁忙之中，309 国道邯武线上那些灰蒙蒙的植被蓬头垢面一溜儿西行，当它们行至紫山南麓一个叫西陶庄的村子北面时，便被断然撕开了一处缺口。这缺口被草坪、花田、奇石、怪松所覆盖，又清雅，又惊艳，只要你瞩目，随时都能点亮你的双眼。

如同一出平调的简短过门，大戏在后。往北，往北，再往北，直至紫金山下，全是目不暇接的迷人风景，这里只能称得上是春光乍泄的一处小景，一束犹抱琵琶的隔墙桃花而已。只要你有兴趣往里走，你就会遇到关不住的满园惊喜。

无数次地行走在邯武路上，一双眼睛早已被那层灰蒙蒙的色调拖累得疲惫不堪，以至于懒得往窗外多望一眼，多少良辰，多少美景，都在不经意的忽略中与我擦肩错过，直到近日的一次采风，我走进了紫山南部的风景区，才知道我辜负的是什么。

外镶白色道沿儿的景观道蜿蜒修长，流线优美，秀出了眼前紫土丘陵的婀娜腰身。随行的景区领导告诉我们，这是道路设计者的功劳。景区的策划者对于每一项工程都精益求精，不但追求好看，更是注重实用，考虑到丘陵地区的地势与西部山区的地势较为相似，就专门聘请经验丰富的涉县交通局承担道路的设计和修筑任务，竣工验收果然不负众望！这一点，坐在车上的我们大抵也可以从侧面佐证：客车在弯弯曲曲的柏油路上疾驶，没有预想中的颠簸，拐弯爬坡，始终处在四平八稳的状态。

隔窗观望，山体的植被茂密，坡上坡下种植着大量的紫叶李，紫色构成了山中之景的主色调，这样大概是为了满足民愿，从形象上突出紫山"紫"的特点。

自古以来，人们便将紫山视为邯郸的发祥之地，将紫气视作最为宝贵的祥瑞之气，当地人所有美好的祈愿大都蕴藉在此。我从小就知道紫山以西的人家雕刻门匾，大都写紫气东来；紫山以东的人家写的则是紫气西来。至今，八个遒劲的碑刻大字"滏流东渐，紫气西来"经历千百年的风雨，依然清晰地镶嵌在古丛台的西壁之上。古赵人对紫山的膜拜，就此可见一斑。

紫色之外是深深浅浅的绿色、或明或暗的黄色以及随着季节变化的各种流动色，海棠、碧桃、侧柏、木合欢、珍珠梅、石榴丛等几百样树结伴为伍，巍巍然，森森然，密密麻麻地排列在沟沟梁梁之上，在山体的起伏中，它们高出了风骨，低出了韵致，犹如茫茫瀚海中律动的波涛，有序、分明、浩浩荡荡。每一排，每一行，每一株都在倾尽心力向枝头输送能量，滋养着这方水土。这里，植物与水土互为奉献，大自然在秘而不宣地阐释生命之间的彼此成全。

当然了，最美的景观还不是在此，再往前走，无论是谁，当你站在紫云湖边眺望的时候，你会为它美到极致的旖旎风光失魂落魄。霎时间，你定然弄不清自己身处何地，你会疑惑发问，这处不是江南胜过江南的仙境怎么就飘落北方了呢？

站在汉白玉桥头隔湖远望，对面的紫金山在烟波浩渺之处青峰凸起，我立马就想到了范仲淹的那篇《岳阳楼记》，想到了那些个"衔远山，吞长江，浩浩汤汤，横无际涯"的字句。我知道，从大小气势上来说，紫云湖与洞庭湖自然无法比，但从其精美的细节之处窥视，紫云湖无处不体现着一种人对自然的尊重，山水草木之间，蕴含着的是一份挥之不去的仁者的心意。

当你走下桥头绕湖一周，你会体会到这种暖人的气息愈加明显。作为一座湖，紫云湖和其他人工湖一样，有桥，有白色庄重的汉白玉桥，有褐色古朴的水畔实木桥，有跨越湖面的网状绳吊桥；也有路，有美如碎玉的白石子路，有奇形怪状的石片路，有整齐划一的青石路，有质朴自然的鹅卵石路。有所不同的是，不论水深水浅之处，水与岸之间竟然没有一丁点败笔，到处都是植物组合的艺术小景。飘然飞动的垂柳，青翠欲滴的斑竹，形影相吊的蒲草，静卧水面的睡莲，夹杂着一些从四面八方迁徙而来的叫不上名字的絮状的、穗状的、团状的、瓣状的花花草草，彼此混搭在一起，错落成清新的、淡雅的、空灵的、浪漫的一处处不忍碰触的艺术现场。

稍稍抬高望眼，便会看到山坡处处尽是那些个将山与水融为一体的浩瀚花田，它们自由而率性，沿着山坡到处飞奔，这块儿携着满目的紫色冲下山坡，那块儿卷着白色的翅翼羽化而上，艳丽的格桑花、变形的吊钟菊、振翅欲飞的蝴蝶兰、如同着霜的玉带草，以及相熟得不能再熟的五彩月季花，形成了湖畔山涧一挂挂漂亮的花瀑布，它们呼啸着，喧闹着，映美了湖光云影，惹醉了山中的流年……

由于刚刚经过一次洪水的冲刷，山体上留下了水流的痕迹，景区建设者们依着水迹，顺势而为，在原来水印的基础上继续拓宽、修葺，以疏通引导为主，给以后的水流留足了空间，根除了将来的洪灾之患。据说，他们秉持的是"贵在原始，美在天然""功成不必在我，久久为功"的理念。他们是用实实在在的行为，诠释着一种利在千秋的家国情怀。

转完景区聆听汇报的时候，听区委办公室主任说市委书记非常重视这个项目的建设，曾几次过来现场调研，在做出重要指示的同时不忘具体指导工作，区委书记、区长每周都调度这里的负责人员，项目部的人员全部吃住在此，连节假日都在这里劳动。听到这里，我的脑海里突然就蹦出了"家园"两个字。是啊，这里是邯郸人共同的家园，不管是干部还是百姓，这是你、我、他的家园。紫金山的生态发展，关乎着我们每一个邯郸人健康的明天。

　　美哉，紫山！幸哉，邯郸的明天！

水井

　　活生生的两眼水井眼睛似的汪在村庄的怀抱里，滋润着每家每户的烟火时光。

　　与水井相关的有井绳，有辘轳，有井台。井绳是用硬麻做的，大约四分粗细，缠在辘轳上，一天之内不知被缠放多少次；辘轳是木质的，被一根轴木悬在离井口1米的高度上，忙时不停地转动，闲时就在井水里静静地倒映着；井台看上去很舒展，它是用石头砌筑的一方平台，稳稳当当地托住了井，托住了来来往往汲水的村民们。

　　井的年龄有多大，村子里的人谁也说不清，但井给人们带来的福祉和人们对井的恭敬却是辈辈相传的。有一年村子里闹火灾，家家户户的桶、盆、锅全部集中到两个井台上，青壮年们轮流转着辘轳把，辘轳飞速地转啊转啊，一直转到大火被扑灭，究竟打上来多少水，没人顾得上数，第二天一看，清水淋湿了整整几条街。多少年过去了，也许人们早已淡忘了那场大火，甚至淡忘了火光中救火的细节，但两只疯狂的辘轳却始终在村庄的记忆里飞旋着，成为一种符号，一种意念，一种精神图腾。

村人们像爱护眼睛一样地爱护着水井，绝不容忍任何一种亵渎行为发生。在村里，两口子生气，假如有一方佯装跳井，总会到村外的机井边去；调皮的孩子们再喜欢恶作剧，也从不敢到井边去造次。井的神圣感一直在提醒大家，什么是犯众怒的事情。大家自觉地捍卫着井水的清洁，每一次淘井、修井都不需要官方组织，往往是有钱的出钱，有工的出工，没钱没工的就找亲戚代工，谁家都不甘落后。

那时候，家家人口众多，用水量大，挑水就成了每天必做的功课。空桶来了，满桶去了，大家行色匆匆，见面打个招呼，本来是说不了许多话的，怕就怕挑水人多，那么多人排队干等着着急，没话找话话就多了，话多了就没有把门的了，谁家半夜吵架了，谁家媳妇越轨了，谁家儿子不孝了，东一句西一句，凑不成完整的故事，但扯闲话犹如搞编织，井台这儿起个头，织个边儿，往那儿一扔，以为完事儿了，却想不到被人越织越长，越编越大，转眼工夫就兜住了全村。村里的日子不咸不淡，每天被井台这包花椒大料一搅，竟然搅出了千般滋味。

夏天的正午，从来不到井边的小孩子们开始蠢蠢欲动，他们各自带着洗净的输液瓶围着井台转来转去，有的还趴在井边看泉涌，感受井筒子里冒上来的清凉之气。等着别人打上水，桶还没有落地的机会，满满灌上一瓶水带到学校当冰水喝。因为水桶没有着地，感觉上不受炎热地气的影响，大家称其为无根水。小孩爱喝，大人也爱喝，打水的人眼看着你一瓶我一瓶灌过之后已经不足一桶水，索性抡起水桶对着嘴咕咚咕咚喝上一气，打过几个凉凉的饱嗝，那种毒日头下的萎靡不振就一扫而光了。

12岁的时候，我迷上了挑水。当我像个大人一样扭着腰肢，颤着扁担一闪一闪走过大街小巷的时候，我觉得我不按常规走路的步伐美极了。许多年之后，我在欣赏别人各种各样的舞姿时，才心酸地意识到，原来我迷上的东西叫舞蹈。同年，一个叫臭的男孩坐在辘轳把上要挟自己的养父母，失足掉在了井里。我听到他养母撕心裂肺的呼救，目睹了他被捞上来趴在牛背上的狼狈，那一刻，他被一片善意的斥骂声包围着。当然，他活了下来，只是不再嚣张跋扈，长大后都蔫蔫的。

井水后来消失了，哪一天消失的谁都不知道。那时候，家家都通上了自来水，村民们说啊、笑啊，为这极大的方便幸福着、满足着，不再关心闲置起来的水井。风把树叶刮来了，先是落满了井台，接着，又一片一片送到了井里，井里就再也映不出辘轳的影子了。后来，井绳没有了，再后来，辘轳也不见了。人们这才想起来往井里扔石头探虚实，发现竟然没有了水的回声。井水不辞而别，井就变成了睁眼瞎，那就继续扔吧，一口井填上了，两口井填上了，井台彻底变成了实心，村庄的灵动也跟着不见了。

去年，我坐着高客到涉县学习，快到县城时，我猛然看到了辘轳和水井的雕塑，顷刻间，我好像找到了失散多年的亲人，一幕幕关于井的往事便呼啸着扑面而来。

越来越多的乡村在被城市同化着，不着痕迹之间，越来越多的东西也在悄然流失。就像那两口水井，昨日的清凉与温热似乎还没有散去，你觉得它还没有走远，一个扭头它就神话似的变成了雕塑，变成了历史长廊中的一种文物。

有一种爱叫作"藏"

　　女儿的女儿才两岁多一点点，却不乏君子之风。

　　她讷于言，超过一个字一概绕不过来，因而在她的发音里便只存在着单音重复，如"妈妈""爸爸""奶奶"，连个"姥姥"都蹦不出来。但是，就这么一个嘴拙的宝贝却十分敏于行，整日脚下生风，爬上爬下，将家里家外折腾得乱七八糟。

　　实践出真知，有一天她竟然从嘴里蹦出一个"藏"字，说得模模糊糊的，等到我们真切地辨析出她确确实实发出的是这个音时，我们便开始跟着她不得安生了。她要将东西藏起来，先是试着把自己的鞋、袜、玩具藏在她的被子里，后来她竟然将这个游戏拓展到了影响家政的层面上。往往是这样，她爸妈急着上班找不到钥匙、车卡，我们一觉醒来发现没有了鞋子。我几乎每天都得手持长杆的拖把，吭哧吭哧趴下，脸贴地面，歪着身子仔细地搅动沙发或者床的下面，够出一堆堆书本、药盒、牙膏、衣服架、遥控器等。直到她被我带回老家之前，她已经不屑于玩这种纯属小儿科的游戏，她学会将自己藏起来，和我们捉迷藏了。

她看着爸妈红着眼睛打包她的衣服玩具，可能知道要与他们离别了。当她咧着嘴要哭的时候，女儿说："这次你又要和爸妈捉迷藏了，要藏很长很长的时间，等着我们慢慢去找好不好？"孩子立刻破涕而笑，激动地大喊着："藏！藏！"

一路无话，也许她还沉浸在藏的过程里。

她从小习惯与父母睡在一起，不见父母，我们很担心她睡前闹腾，结果到了该睡的时候，她抱着自己的被子乖乖去睡觉了，这让我们颇感意外。睡到半夜三点多，这是她起夜的时间，我们小心伺候，深怕触碰到她心里的什么，想不到她紧揪被子贴在脸上，口中喃喃着"藏"又沉沉地睡了过去。

几天之后，说不清是哪一天，我们的麻烦来了。每到半夜，她就要求我们与她捉迷藏。她再也不肯自己去藏，而是要求我们去藏，直到她顺顺利利地把我们找出来。为了配合她，我们不得不一边打着哈欠，一边往窗帘后、桌子下反反复复地钻，那叫一个累啊。我们与她商量：晚上是睡觉时间，咱们都睡觉好吗？结果，她指着自己说爸爸、妈妈。我们明白了。她是觉得时间长了，爸爸妈妈应该找到她了。

我们再也不敢怠慢，从此，每天半夜我们家都要亮起所有的灯光上演一场捉迷藏游戏。年近六旬的我们晃着满头白发充当着两岁的幼童，在充满渴望的目光中，佯装着一次次被父母找到的那种幸福，一次次夸张的表演逗得她开心大笑。

时光很慢，思念很长，一种叫作"藏"的游戏，将沉沉的夜晚变得轻松飞扬。

再见大雁

　　天空中的大雁曾以飞翔的姿态悠然掠过我儿时的记忆。后来，它就消失了。什么时候消失的，不知道。也许是在年龄渐长，过重的心事坠得我懒得抬头的时候；也许是在世间的繁华令我顾盼迷离，无暇仰视的时候。

　　记忆中的大雁飞走了，飞进了课本里，变成小学生朗朗上口的优美句子："天凉了，一群大雁往南飞，一会儿变成个'人'字，一会儿变成个'一'字。"在一次次聆听中，我一遍遍遐想着风高天寒中那不知疲倦的雁阵，心中会生起莫名的感动。我怀恋那个写在朗朗晴空中的大写的"一"字，大写的"人"字，怀恋那穿越长空的悠然而诗意的飞翔。

　　然而，在我的生活里，大雁已几近一个遥远的传说，以至于忽然有一天，文友们邀我一起去看大雁时，我一片茫然，吃惊得忘记了喜悦。

　　我们的城市是冀南最南部的一个城市，出市向南几十里，有一个方圆十几里的大水库，过去叫东五仕水库，现在已成旅游胜地，已改名叫溢泉湖。据说，有 10 万只来自西伯利亚的大雁栖居在那里过冬，形成了一道自然奇观。

天寒水不瘦，冬天的溢泉湖在阴冷的天空下显得更加空旷浩瀚，湖畔冬草摇曳，小舟自横。湖面很平静，不见浪花飞舟、人迹帆影。随着季节的游走，所有的喧闹都躲进了冬眠。

第一个观景点是一面高坡，居高，向阳，整个湖面尽收眼底，适合远观。有人架起了高倍望远镜，凑上去一看，水草，拉网，房舍，哪里有大雁的影子？举目四望，田野凄清，树叶凋落，湖水茫茫，除了色彩褪尽的冬日景象，没有新的景象。一会儿，有人压低声音喊，快看，快看，怕惊着了似的。眯着眼睛细瞅，对岸果然腾起了一线黑烟，刚开始怀疑是烟囱排烟，仔细一看，并没有烟囱。心想，烟是柔软的、散漫的、无序的，而那条线却直直的，从西往东，渐渐升高，滑行，方向感极强，便确定了那就是大雁。接着，一段段黑线如节日焰火般追逐着，从不同的地方冒出、升腾，飞到高空渐渐明朗，能看得清间距，数得清个数，多则上百个，少则十几个，列队而行，热闹了南岸的天空。

第二个观景点是风景区的入口处，走下高高的台阶，两旁是潮湿的沼泽地，里面隐藏着各种不知名的生物，偶尔有飞禽盘旋起落，据说，这里才是大雁理想的栖居地，渴了能饮，饿了能食，又易于藏身。这里适合近观。一群群大雁就从头顶上飞过，看得清它们奋力前行时箭簇般伸展的长颈，看得清它们奋力扶摇时大弓般扇动的双翼。我仰视着天空，仰视着大雁们庄严的飞行仪式，心想，它们是在举行盛会吧？天空成了它们表演的舞台，我们就是它们的观众，这支训练有素的队伍给我们演绎着什么是步调一致，什么是团结和谐。

看到它们一组组地列队飞过，我想到训练场中的队列训练，它们是在为将来的长途跋涉做准备吧？它们分组展示着不同的组合，有的排成"一"字，有的排成"人"字，有一队大雁的队伍长长的足有上百只，看上去像飞翔的大树，主干是个"一"字，两侧的分支与主干又排成几个

"人"字。为什么大雁的队形总是"一"字或"人"字？讲解员告诉我们，大雁在高空飞翔会受到气流的阻挡，长途跋涉会非常劳累，有力量、有经验的大雁总是飞在队伍的前面，由于扇动翅膀的作用带动气流，后面体弱年幼的大雁飞起来会比较轻松，不会掉队，这样的队形有利于整个大雁群体的持续飞行。

大雁嘎嘎的叫声非常嘹亮，那是它们呼朋唤伴，相互鼓励的呐喊，它们的飞翔和呐喊使僵冷的冬日有了生气，使溢泉湖的上空热火朝天，霎时，那和着韵律的飞翔，将冬天的天空一会儿搅得波澜壮阔，一会儿抖得微波粼粼。

大雁每年都到南方过冬，为什么今年会滞留在北方？这是一个谜，尽管各有各的推测，但对我们来说，这无疑是件幸事。不是吗？早已失去踪影的它们，忽然在这个冷寂的季节翩翩而至，与我们相会，使"野渡无人舟自横"的溢泉湖变得生机勃勃，也让世俗中的我们重品着一份高远，重温着一种感动。

幸会，诗情的大雁。

第五辑　江湖夜雨十年灯

梦缺梦圆

在老家人的心目中，兰姨住在一个很大很大的城市里。很大很大的城市有许多楼房，兰姨一定住在其中的某栋楼房里。人们想的不错，她不住楼房谁住楼房呢？六岁的时候瞎二柱就给她算过命，算命的时候她还是杨家的穷丫头，可瞎二柱硬说她是住高楼的命，说得斩钉截铁，说得谁都不信，但自从她成为秀才马家当家的大少奶奶，马家药铺响当当的女掌柜之后，瞎二柱的卦就在四里八村硬起来了。

其实，兰姨只是住在一个大杂院里。大杂院原是一个院子套院子的大院落，由于家家随意搭建，看上去很乱，但细瞅还能看到原来的大致轮廓：走进大门是一片空地，往里是一处普通院落，门朝右开，顺右边一条路往里走过一狭长的空地就又是一个院落，里面的院落很讲究，上房很高，雕梁画栋，两边配房也是镂花窗棂。不知原属谁家贵宅，只是被七八户人家瓜分了。这里本没有兰姨的份儿，兰姨家是在院门内的空地上见缝插进去的两处单间房，两处房错对门，不是一个时期建的，很不正规，也不舒展，看上去像被整个院落的逼仄憋出来的两个寄生瘤，它们迫使原来的通道拐了个弯儿，这样，院子就像得了肠梗阻，更不通畅了。

大杂院里只有下水道没有厕所，因此，每天早晨家家顺着铁箅子倒尿，拖布都沾着尿骚味儿。至于谁想"办大事"多蹲一会儿，那得穿过两条街等着去排长长的队。

闲话不叙。那年，十四岁的兰姨牵着弟弟妹妹到老庙村逛庙会，在奶奶庙门口的水果摊上买了一个咧着嘴的石榴。她将石榴放在膝盖一分为二掰开，一半给了弟弟，一半给了妹妹，接着又将蹦在地上的石榴籽捡了起来，吹了吹、擦了擦，正要往自己嘴边放，想了一下又停下来，用三个指头捏给弟弟几个，又捏给妹妹几个，才快快乐乐往前走。大街上人来人往，挨挨挤挤，各人都想着、忙着自己的事情，谁也不理会谁。但这情景，偏偏被正在看街景的马秀才看了去，马秀才就跟在了兰姨的后面，兰姨干什么他就看什么，兰姨买香、烧香，他就看兰姨买香、烧香。

"师父，替俺爹请三炷香。"兰姨递过去一文钱，"再替俺娘请三炷香。"兰姨又递过去一文钱。一件事情分两次做，马秀才就觉得兰姨有点轴，便不动声色继续看下去。

烧香的人排着长队，兰姨让弟弟妹妹去排队。轮到的时候，自己已从大炉点着了香火，一手举着，一手轻轻地扇着，香头明明灭灭地袅着青烟，兰姨牵着两条软软的青烟来到了神案前。看她又要将一个仪式分做两次。马秀才便忍不住了，提醒道："一次不就成了嘛。"兰姨说："各尽各的心，求人求神都得心诚的。"

耐心看完兰姨敬香，马秀才就谎称看兰姨面熟，问是哪村谁家的姑娘，兰姨见他很面善也就以实告之。当天晚上，兰姨家来了一个媒人，说马秀才在庙会上替儿子选媳妇选上了兰姨。

当年，兰姨就嫁了过去。

新人为贵，按乡俗，新媳妇过门得好好享受九天，九天里穿红戴绿展览似的只管坐在炕上等人观看，因为身份特殊，新娘子往往表现得很矜持，很有派儿，可兰姨没有婆婆，马公子又是独生子。眼见家里忙乱无序，兰姨便不顾派儿不派儿的，没出三天就扎起围裙掌起了大勺。早晚捏窝头、蒸馒头，中午擀面条、蒸米饭，汤是汤菜是菜，家里长工、短工十来个人的饭全是十四岁的她来做。至于放多少米多少面怎么做不浪费，用不着谁来调教，以马秀才沾沾自喜的话说，她心中有数，正好。

　　马公子看媳妇持家有道，也高高兴兴去打理城里的药铺。乡邻们眼瞅着马家红红火火的日子说，秀才就是秀才，识人啊，眼毒。

　　日子飞快。在兰姨的操持下，马家地肥马壮，缸满囤流。而城里的生意却越做越不景气。马公子是个安安静静的白面书生，识文断字行，八面玲珑的功夫差了一些，又加上平时没个准主意，在别人的撺掇下，就想甩摊子跟人到大城市去闯天下。

　　更不景气的是兰姨的肚子，该鼓起的时候就是不鼓，两口子曾齐心协力恨不得连药铺都给吃了，但就是不见动静。从马公子对药铺的失望中，兰姨仿佛看到了他对自己肚子的失望。她感觉到安安静静的丈夫已不可能死心塌地再安安静静了，马秀才不阻拦，她就觉得没有理由去阻拦，拦也拦不住，她几乎看得到他心中那匹安静的马在蠢蠢欲动，在渐渐脱缰……

　　曾经情意缠绵的马公子带着变卖一部分土地的资金踌躇满志地上路了，丢下了一个爹、一个烂摊子药铺、一个不知怎样安置的小脚女人。

　　马秀才会安置，他说，你去死马当作活马医吧。

　　兰姨就把药铺的生意接管了下来。

　　兰姨来到药铺，摸摸满柜子不知名的草药，想了想，不知干什么；又想了想，还不知该干什么。她觉得这样坐等绝不是办法，就趁别人还不在意她的时候，走门串户把城里所有的药铺走了个遍，回来就偷偷让弟弟妹妹们到处去购买民间药方，自己却关起门来死记硬背药架子上所有药材的名称、药性。后来，大字不识的她竟然能亲自卖药进药，并按照搜集来的药材配方将药混合一起，直接捣碎配好，编上序号，按照不同病例推荐给买药的人。因为买药人在她这儿走的是多管齐下的治病路子，感觉比吃其他药铺的药好得快，就口口相传，于是，马家药铺风生水起，左右逢源。这一回，不仅是乡邻们，连马秀才自己都暗自夸奖自己的眼睛确实毒，特毒。

兰姨不识字，所有夫妻间的信息传递靠的是马秀才之乎者也的家书。所以，马秀才口吐莲花、妙笔生花的锦绣描绘也就一直维系着一个家庭形式上的花好月圆。

渐渐地，家书中断了。家书中断的原因有二，一个与国运有关：抗战结束，中共两军交战，这头是解放区晴朗的天，那头是国统区的白色恐怖，界线分明，一归一，二归二了。另一个与家运有关：马秀才脑溢血后遗症，傻了。

兰姨把药铺交给店伙计打理，回村一心一意照顾公公，熬药、洗衣、擦身，每天不得闲空。这时候，那个老谋深算的马秀才，却像个天真活泼的孩童，他再也想不起眼前这个精挑细选的女人是谁，看到她为自己喂饭、擦口水便手舞足蹈，兴奋得直喊娘。兰姨看他糊涂得够呛，对他的痊愈已不抱希望。

任何人，包括精心伺候马秀才的兰姨在内，谁也没有想到马秀才会在某一天突然清醒后又突然死亡。清醒后的马秀才当着马家人对着兰姨说了一句话：你是个好孩子，马家全指靠你了。这是他给兰姨的个人鉴定，说在人前就如同落在了纸上。因此，这句临终遗言就成了定论，这个定论对兰姨很重要，这个定论对兰姨一生都很重要，因了这个定论，兰姨的故事又一次在四里八乡成为美谈。

傻了的马秀才都是老谋深算的！

事情还来得真巧，刚处理完马秀才的后事，兰姨就得到两个消息：一个来自远方，说马公子已经倾家荡产，马上要流落街头；一个来自身边，说要闹土改，私有财产马上要没收充公。兰姨片刻也没犹豫，带着弟弟妹妹连夜进城，偷偷取出了药铺里能够拿走的贵重东西，等天亮后再赶去取第二趟时，门板上两个交叉的封条便以拒绝的方式阻止了她的前行。那个刺眼的大叉告诉她，即使近在咫尺，自己苦心经营的这个药铺从此再也不属于她。

　　兰姨安顿好父母兄弟，拧着小脚背着大大小小的行李跟着带信的人一起去找马公子，遥遥一千里路程风餐露宿管卡重重，一路走，总觉得包袱越来越重，兰姨将能扔的东西扔了一件又一件，最终只剩下一包鞋。

　　一包沾了故乡胶泥的鞋。

　　到了。带信人把兰姨安排在一个旅社里让她先歇脚，说自己找马公子去报信。兰姨狐疑地问为什么不能直接去找马公子，带信人迟疑了一下说地方不好找。兰姨就有了预感：一是觉得带信人有问题，二是觉得马公子有问题。不过，既来之则安之吧，什么事来了都会有个面对。

　　马公子终于来了，刚进门的马公子看到兰姨似乎有些认生，胳膊腿不知往哪儿放好，在兰姨悲喜交加的目光注视下，他干脆就跪下了。这一跪，兰姨就什么都明白了。

　　马公子领着兰姨来到大杂院的时候，一个漂亮女人正坐在大盆前虎着脸洗衣裳，兰姨看她很漂亮就朝她笑了笑，这笑有刺激，漂亮女人抓起洗衣板"咣当"一声摔在了水盆里，扯着嗓子不是个声儿地嘶喊："你不是说她死了吗？她这是从哪儿爬出来的？"

　　兰姨一惊之后，先明白了眼前这个人是谁，接着又明白了这个人说的话指什么。她用自己都感到陌生的一个动作上去就揪住了马公子的衣领："你怎么可以跟人这样咒我……"就软在地上昏了过去……

　　那女人不依不饶，还在歇斯底里地狂喊："都去死吧，我们穷得都要住大街了，还往哪里放她？"

兰姨头脑一片空白，感觉到马公子正抱着她用一只手为她顺气，"天地良心，我只是说家妻杳无音信，什么时候说过那样遭雷劈的话……"他又扭过脸埋怨，"小仙，人家从千里之外赶来，才刚刚进门……"

兰姨回过神儿来，发现自己已躺在了床上，就又爬了起来，虚指着外面那个正在发疯的女人对马公子说："你把她叫来"，她气喘吁吁，已有气无力，"让我告诉她，我是从哪儿爬出来的。"

马公子正在为难犹豫，那个叫小仙的女人已经健步进来，抱着双臂倚在了门框，只等着来接兰姨下一句的话茬，她就不信，不信制不服眼前这个刚从乡下进城的黄脸婆！

兰姨不说话，她抓过包袱，解开包袱一抖，抖了一床的鞋子，兰姨随便拿起两只鞋，咣、咣、咣鞋底对碰，胶泥开裂，黄烟腾起，蹦了一床黄灿灿的金子！

那是她这几年为马家挣下的全部家当。

洗衣的照旧洗衣去了，该做饭的也做饭去了。兰姨伤着心环顾四周，见屋里除了一张大床、一张小床外什么都没有。当然，有也盛不下，这屋太小了，小得让兰姨憋气。兰姨躺在床上，想着自己几年来独撑马家的风风雨雨，想着马公子和这个女人夜夜就躺在这张床上风流，心里更加酸痛。同时，也为自己迈腿进来，突然间插上一杠而暗自解恨：一张大床一张小床，我看今天晚上怎么睡！

晚上，那个叫小仙的女人拉上了隔帘，乖乖地躺在了小床上。

兰姨用带来的金子赎回了药铺，买下了现住的屋子。好歹安顿下来之后，三个人就开始了同在一个屋檐下的生活。

没有子嗣是马公子最大的心病。马公子特想要个儿子，但当着兰姨的面不好流露，越是不敢流露，兰姨就越觉得对不起他，于是，保证马家有后，就成了兰姨最大的心病，明知自己无法再完成这个艰巨而光荣的使命，她就开始像爱马公子一样学着爱小仙，她娇惯着他们，放纵着他们，为他们让出了所有的夜晚，她自己夜夜蜷缩在小床，听着隔帘那边的折腾，像守护着抱窝的母鸡，憧憬着儿女绕膝的幸福……

五个儿女相继出生，迎接他们来到人世的第一张笑脸是兰姨的，第一个怀抱是兰姨的，兰姨的手指，温暖了五个孩子最初的记忆。兰姨共伺候了小仙五个月子。以后，马公子让孩子们喊兰姨娘，喊小仙妈。茁壮成长的孩子不知娘和妈的区别是什么，只知道娘比妈亲，小子淘气，一冬天要穿坏八条棉裤，娘准做九条，女儿们个个爱美，一周之内要穿得不重样，娘准使她们天天花枝招展。很快，孩子们到了谈婚论嫁的年龄，这个时候的兰姨就变成了一面细细的筛子，相媳妇、相女婿，她挑剔地为他们每个人把关。她要熟悉准媳妇、准女婿的品行，还要摸清每个准亲家的秉性和家风。当她操着一口不变的乡音拐弯抹角左试右探的时候，她自己都感觉到像极了当年的一个人，每当她意识到像的时候，她会做得分外安心。

孩子们都成家单过了，小仙却偏瘫了。马公子当惯了甩手掌柜，孩子们也只是节假日过来打个下手，平时所有的喂饭、擦洗都要靠兰姨来完成。兰姨有时也愤然，"你说，我哪辈子欠你的了，这么大的岁数我再伺候你"。兰姨也是 70 多岁的人了。

那小仙已不十分清楚，想想马公子和兰姨都健康，自己成了这个样，便对着兰姨直撒娇："你就欠我的了，欠我男人。"兰姨听着她顺嘴乱说，也就暗自庆幸，庆幸得病的不是自己，而小仙则被自己的思维引导着，越说越觉得眼前这个劳碌的人是欠了自己的，一会儿都不让她离开，一会儿都见不得她和马公子说话，否则就喊、闹、哭，把自己的屎尿往墙上抹，把好端端的家整得挺乱套。

这样的日子煎熬了几年，小仙终于走了。没了小仙，兰姨反觉得家里空荡荡的，见了马公子倒生出来些许的尴尬，两人一时竟无法面对，觉得生活中减少了什么，又增添了什么。但对兰姨来说终是喜大于悲吧，兰姨突然觉得有许多话要说，她意识到这辈子忽略了很多东西，是什么呢？慢慢说吧，她想，苍天把完整的一个马公子交还了自己，把马公子最后的岁月交还了自己，就是给自己做补偿的。兰姨想到这儿顿时感觉特好，特幸福，好像重新回到了年轻的时光。

兰姨要说的话还没有想好，马公子便中风似的抽搐起来了，兰姨马上给儿女们打电话，等一家人把马公子送到医院，他除了眼珠会转，心脏跳动，全身哪儿都不会再动了。

在兰姨眼里，面前的这个男人像一匹疲倦了的白马，彻底安静了。他不会再向往屋外的精彩，不会再做跨栏腾跃的浪漫之梦了。兰姨要给他续梦，兰姨要让他的梦里有兰姨。她每天给他洗澡，床单白白的，被罩白白的，被子里飘着香皂味、太阳味，她抓着他柔软的、白白的、修长的手，在自己的手心、脸颊，轻轻地打来打去，一下，一下，马公子的眼神就柔柔的、黏黏地搭在了她的身上……

马公子死后，许多城市的老城区都在进行改造。后来，政府通知大杂院搬迁，回迁房在 30 里开外的地方。儿女们赶来了，说房子给的太小，不合算，学学这条街上的其他老人，再坚持坚持，不要搬。兰姨就和这条街上的许多老人一样坚持下来了，政府就每天派人来做动员，于是，这条街每天就像刮风一样，吹走了一户，又吹走了一户，走一户拆一户，于是，兰姨的房子就成了废墟汪洋中的一片孤岛，破败、孤独，一堆堆的旧家具、旧被子、旧衣服，堆满整个屋子。晚上没有电，因为被人切断了；煤炉子死气沉沉的，因为怕招致火灾。晚上很寂静，偶尔有狗吠。兰姨老了，什么也不怕了，年轻时没怕过，现在就更不怕了。再说，指不定谁怕谁呢，想想，摇曳的烛光中，幽幽的黑暗里，一个全身干瘪、白发干枯的小脚老太太像从坟墓里刚刚爬出来，不把活人吓死、把鬼魂吓活才怪。

兰姨从小爱干净，炉子上温点水，擦擦身，擦擦脚，抖抖索索爬上床就睡觉，黑天白天都一样。想吃什么附近都没有，儿子每天来三趟，给她送三顿吃的饭，给狗送三顿吃的饭。

新楼是什么样，她是见过的。不大，到底比这儿强多了，她是想搬走的，她一开始就是想搬走的。但是，她一辈子都在为马家挣家产，老了，也就只有这点贡献了，能做的也就只有这些了。

她已经从夏天坚守到冬天了，不知道还要坚持到什么时候。天冷，废墟样的房子仿佛都缩着打战，她有点冻感冒了，喝了儿子给的感冒药，迷迷糊糊睡着了。梦中，好像回到了小时候，她看见了奶奶庙，看见了马秀才朝她点头笑着，她还看到了瞎二柱，听到了梆子声，宁静，凄清，一声接一声很清晰，梆——梆——梆，噢，她好像还记起了瞎二柱的那句话，便想，我明天就给儿子说说，我要到楼上偷偷住一晚。

兰姨在睡梦中渐渐走远了，她也意识到自己走得太远了，如果旁边有人喊喊她，就能将她拽回来。她不想往前走，想回来，可是，孤独中没有人喊她，她感觉怎么使劲也回不来。

兰姨真的走了。那年，她 85 岁。依稀中，柳叶眉依然弯弯，白白的瓜子脸清秀温良。

烈属

——谨以此文纪念为抗战献出亲人的所有女性

一、姻缘

那一年，院子里的梧桐树上落了一只花喜鹊，那喜鹊长嘴长尾、白腹白肩，黑缎子似的翅尖上挑着两线弯弯曲曲的白边儿。雨林奶奶看得愣了神儿。

"花喜鹊！花喜鹊！"

花喜鹊闻声飞走了。

是谁这么不沉气啊？雨林奶奶疑惑地寻了一下四处，不好意思地兀自笑了，也是，院子里除了刚刚飞走的那只喜鹊，明明就只剩自己了。

这都是太过突然的喜气给闹的，17岁的新娘子在心里为自己的失态辩解着。要不，大平原上有千家万户，那喜鹊怎么就偏偏飞到这家了呢？怎么就让新娘子先看到了呢？

西堂屋里传出一个男人的轻咳声。

雨林奶奶觉得心头的某根细丝猛地被人拉拽了一下，也就迅速收起了笑容。

在公爹第一次轻咳，以及以后习惯性的轻咳重咳中，一定潜藏着某些疙疙瘩瘩的滞重，这滞重左一下、右一下，斑若网纹，随着磨旧的时光，渐次错乱了雨林奶奶以往经验中的那份单纯。因为，许多年之后，她的儿子一直想找回传说中那个喜气洋洋观鹊的影子，却发现自己始终面对着一副波澜不惊的中性表情，没有笑容，也没有愠色。

雨林奶奶居住在一个被唤作西庄屯的村子里。村子不大，位于华北大平原之上，因紧靠古城正定，通衢京津两大城市，而信息通畅，民风开化。村子里有几个大户，郝家算得上一族。到了雨林奶奶公爹这一辈，祖业已经相当丰厚，祖上遗留的田产足够这位老式的农民过上养鸟斗狗、锦衣玉食的铺张生活，可他没有。他粗通文墨，知书达理，家教颇严。他让子女们和他一样穿粗布衣，吃家常饭，干田里活，精打细算，经营出一份细水长流的耕读日子。

在村里，同样都是大户人家，郝家人看上去就普普通通，显得尤为和睦通达。郝家老大规规矩矩厮守着一份小康日子，要论特别之处，也就是老二桂峦，桂峦自幼便聪敏好学，文采、口才盖全村子弟之上，加上格外能勤勉吃苦，恪守郝家仁义朴实之家风，便渐渐赢得十里八乡的美誉。而雨林奶奶的大婚所嫁，正是这个出类拔萃的 16 岁少年——郝家老二郝桂峦。

听村里人说，雨林奶奶年轻时长着一张清清秀秀的容长脸儿，柳眉俏俏像画儿，鼻梁直直像画儿，嘴唇红红像画儿。这话可信，因为有参照物啊，几十年过后，村里人瞅着雨林端端正正的影像，都说隐藏着奶奶昔日的影子。

雨林奶奶的娘家不远，就在滹沱河对岸的西兆通，两个村子间相距只有四里地。在五男二女的兄弟姊妹中，雨林奶奶属老大，出生虽非富贵，却自有一派大家闺秀的稳重。女貌配郎才，这是戏文里唱遍的金玉良缘，先不提郝家有多么好的家境家风，单是那个识文断字、名震故里的英俊少年就不知要亮瞎多少姑娘的眼呢！不识字的雨林奶奶对这份婚姻当然是满意的，尽管她大丈夫一岁，却也非常仰慕这个弟弟一样的小丈夫。自打有人提到亲事，雨林奶奶就平添了一种云山雾罩的眩晕症——幸福的。雨林奶奶一直想做一朵花，当然了，她本身就是一朵花，她愿意全心全意将自己绣在郝家这匹锦缎之上。

可是——多么烦人的可是，不知道这本该顺风顺水的人世间为什么偏偏有着那么多的可是！可是谁又能阻挡可是的发生呢？就像那只突然飞来的花喜鹊，雨林奶奶喜欢着喜欢着，它不也飞走了吗？

雨林奶奶一辈子都在揣摩那个喜鹊的去处。她说，那喜鹊定然是含着半拉子来路不明的讯息要告诉她的，是她无意间的惊扰，让它在匆忙中落下了。至于那讯息是什么，她说不出来，也不想说出来。

——那个可是可不单是冲着雨林奶奶的，那个可是太猖狂，太庞大，尾巴太长，它犹如猛然间掀起的一场飓风歇斯底里，连根的撼动让地球东部整个民族的生民们跌跌撞撞猝不及防——它把整个中国都横扫进去了——转瞬之间，无数个家庭因它的席卷都稀里哗啦改变了方向。

二、逃难

1937 年，风雨飘摇的中国似乎走到了国运链条上一处最为不堪的截面，一处薄弱，处处皆断。卢沟桥事变成了华夏大地一张倒下的多米诺骨牌，之后，那些民众眼中固若金汤的城池连连陷落，北京失守……天津失守……保定失守……日寇枪炮所到之处，火光冲天，瓦砾遍地，尸骨横陈，血流成河……沾满血腥的旗子沿着铁道线继续向南、向南……

在石家庄被攻陷之前，已是燕京大学二年级学生的郝桂峦被迫中断学业，由北京绕道天津，辗转回到了正定老家。这时的老家已不再是可以避难的安定居所，其时，平原上的人们早已惊闻日寇的暴行，群巢将倾的恐惧笼罩着整个民族，于是，家家户户都成了团团转圈的蚂蚁，盲目地陷入了大难之前的慌乱。慌不择路，有些人家开始尝试着投亲靠友，纷纷寻找着臆想中的安身之地。

慌乱之中，郝家 30 多人的亲属团被人流裹挟着流亡山西。和老家一样，沿途到处都是惊慌失措的逃难者，至于哪里是安全的，谁都不知道。他们随着恐慌的人流盲目地走着，直觉驱赶着他们，似乎离家越远越好。据说，人们要逃往洪洞县。洪洞县在哪儿？那里有谁的亲戚？统统不知道。那么多的人，都要逃往那么一处传说中的、事实上与自己无关联的地方，是谁想出来的？怎么想出来的？恐怕当时来不及考证，今后更无人无法去考证了。也许，那种寻找归属的游子心理，只有在失去家园的流浪中才能深深触摸与感知得到。

纵横南北的太行山千沟万壑，莽莽苍苍。那些千回百转的崎岖山路没有拒绝这些来自大平原上的踉跄脚步，它们以足够漫长的耐心，承载起离乡人驮在人背上、驴背上的家，安顿了离乡人无从着落的心里凄惶。这些大平原上的子民出走时是 10 月，回来时已是来年的 6 月。沟沟坎坎中，他们与太行山的冷雪寒霜整整纠缠了大半年。

做了媳妇的雨林奶奶往日里总是盼着有个一男半女，可郝桂峦没想，他一门心思全在学业上。他先是在正定城上中学，接着又考到北平上大学，学业紧张，小夫妻又相聚匆匆，挨过了几年送子观音都没给面子，谁承想到了这兵荒马乱自身难保的节骨眼上，雨林奶奶居然添乱地怀孕了，没有预期的喜悦，她听说，乡下的女人们大都求子心切，有过太多假怀孕的前车之鉴，她还拿不准是与不是。她想，也许是近段时间的惊慌忙乱错乱了月事周期呢，她知道郝家人最不喜欢的就是有事张扬，便硬是咬着牙没敢声张，也就像个常人一样背着大包小包跟着丈夫加入了昼夜行走、风餐露宿的逃难队伍。

几十年之后，村里人对当年怀孕的雨林奶奶充满了好奇，他们无法想象一个日渐笨重的女人是怎样扭着小脚，一寸一寸地丈量完那翻山越岭的大半年光阴的。大家提到这事儿，雨林奶奶说自己也不知道，她只记得先是冷雨下着，以后是冷雪下着，油纸伞不敢撑开，她说山风太大了，刮得人往后倒，手被风吹裂了，生疼，雪粒子唰唰的，打得人睁不开眼睛。那种情况下脑子都是僵的，只知道得不停地往前走、走，哪还敢再去想能不能走的堵心事？

其实，雨林奶奶对那场逃难有着刀刻般的记忆，那是一道秘不示人的伤疤，她不愿意轻易掀起，她将血肉中一波波痛的涟漪都消融在无尽的夜晚，点点滴滴，断断续续，她知道她的黑夜很漫长，那些故事也昼伏夜行，一寸一寸生长在黑暗的漫长里。

她记得，乱哄哄的人群中，每个人都灰头土脸，男人们肩挑着自己家的行李、孩子，女眷们浑身系满大大小小的包袱。她跟在他们的后面，郝桂峦背着自己从学校带来的行李，手牵驮着粮食的毛驴，走在队伍的最后面。路似乎没有尽头，天天是爬不完的山坡，走不完的低谷，山道滑得要命，见裹着脚的她走得东摇西晃，郝桂峦就招呼她抱紧自己的胳膊，并说千万不可撒手。雨林奶奶便听话地抱紧了他的胳膊。郝桂峦个子不高，长得瘦瘦的，看似文弱，但实际上却筋骨壮实，走起来步履稳重，咚咚有声。雨林奶奶抱住他，就觉得抱住了一座大山般的踏实。

这大概是他们成亲以来并不多见的依偎。丈夫常年读书在外，即使假期回家，也向来是手不释卷的，她不识字，却对书本心怀敬意，除了端茶送水，从不轻易去打扰丈夫的专心。平时，他们的交流并不是太多，众人面前更难有什么亲密举动。艰难的处境，让他们暂时忘记了羞涩。从来没有过的温暖和满足，冲淡了雨林奶奶流亡他乡的无措。孙女雨林曾问过奶奶当时想了些什么，比如甜蜜啊、爱情啊之类的，奶奶迷惘地说，想什么了吗？什么也没想吧？当时连命都难保了还七想八想个什么？雨林说，她要是奶奶，她就会选择情愿就那样一辈子山高路远地走下去，走到地老天荒。

书生装束的郝桂峦一手搀着妻子，一手牵着身驮粮食的毛驴，走在滑湿的山道上。无意中一个步子没有踩稳，便本能地用力托住妻子，缰绳跟着一紧，身后的毛驴猛然一惊，在随着他打了个趔趄之后，便带着粮食重重地摔到了崖下。

撒着米的布袋、断了气的驴、冒着热气的驴肠子，让一家人惊呆了。郝桂峦的父亲无望地朝天喊了一声："天！你让人怎么活？"

那一刻，郝桂峦正一脸愧疚地望着崖下，同时用半个身子紧紧地撑着受了惊吓的妻子，父亲的话让他猛然间一愣。也许，就是在那一刻他做出了一个改变他一生的决定。

几个月后山路走完了，老老少少终于到达太原附近的村镇。

大路上尘土飞扬，墙上、树上挂满了杂七杂八花花绿绿的招牌，坐车的，骑驴的，挑担的，到处是南腔北调的外乡人。沿途有招兵登记的，做买卖的，玩杂耍的，唱莲花落的，卖小孩的，要饭的，还有打劫的，人间纷纷繁繁的乱象，被遮蔽在大山的背后，闹哄哄地沸腾着。

走下了山路，那些七上八下揪着的心渐渐松绑活泛，大家终于有兴致东张西望了。这时，沿途无语的郝桂峦很平静对父亲说了一句话："我想出去找找生路。"

也许是持续的流浪奔波，早已让人身心麻木，几十个人的队伍里再多些什么或少些什么已经没有多少可在乎的意义，郝桂峦的父亲后来很后悔当时怎么就连想都没想就答应了儿子的提议。终归，他是点头了。他记得自己还象征性地向雨林奶奶那边挑了一下下巴，那意思，郝桂峦明白。说："说过了。"

一个铺盖卷，几本线装书，像每个寒暑假结束之前的告别一样，郝桂峦向全家挥了挥手，向一向乖顺听话的妻子挥了挥手，那一年，他22岁，雨林奶奶23岁，他还不知道，她丢下的那个女人，肚子里已经怀上了他的孩子。

三、区长

八百里太行山余脉绵绵，单是沿南太行东麓一带一字排开，便岚烟翻滚，峰峦如聚，汇集着五大脉系：小摩天岭山脉、老爷山脉、十八盘山脉、西南横行诸山脉、鼓山及紫金山脉。其主干摩天岭山脉从西北向东南盘旋而下，曲折绵延，浩浩荡荡像脱缰奔腾的千百匹骏马，那些有名字的山，无名字的山，撒着欢儿一顺儿向前奔去，奔着，跑着，似乎突然想起了什么，便驻足停了下来，停下来的地方挺有名，人烟稠密，商务繁盛，百姓业农经商，各居其半，氏族以贺侯两姓为巨族，这便是隶属于武安的八大重镇之一，名曰继城。

似乎是为了刹住奔跑过后的惯性，山们索性在这里绕了一下：停在西面高处的西山叫鼻窟窿山，这样的山名大概占的是形似；停在东南面的叫老君山，因山上的老君庙而得名；停在北面的零零散散的较多，叫起来费劲，继城人干脆统称其为北山。山的摆布，将这里变成一处军事要地，它西接太行，北濒洺水，扼守白云、常社、门道三川之口，为入晋间道，地势上有一夫当关之重。因此，自打隋朝起，就不断有兵马在这里安营扎寨，到了20世纪抗日战争初期，这里便成了八路军的游击区。

继城往东的地势渐渐平缓，却没有人烟，走上16里，才是营井村。营井村的村形有些奇特，被冠名七营井八疙瘩，村民聚族而居，互不相连，村子结构松散，星罗棋布。东进的日军见有机可乘，便将炮楼建在了那里。营井往东，一直到武安县城，再往东，一直到京汉铁路周围的冀南平原，全部是敌占区。西高东低的地势，使气势汹汹的营井炮楼越发像一只冲在前沿的斗鸡。

仰仗着背后强大的阵势，炮楼里的鬼子们三天两头到游击区骚扰滋事，尤其是逢集遇会，鬼子们生怕动静闹得小，竟然明目张胆地烧杀抢掠，制造恐慌。鬼子的嚣张跋扈，弄得富庶之地萧条冷落，老百姓天无宁日，苦不堪言。

1942年，旱灾、雹灾席卷了武安，常年的兵灾，加上上天的欺凌，山里人的日子简直要过不下去了。这时候，神兵天降，八路军从太南的干部队伍里选派出一个姓贺名进的年轻人到继城担任区长。

贺区长到任后雷厉风行，首先做了两件事：一、发展人民武装。将20人的民兵队伍扩展到200人。在原来只有大刀、红缨枪、长矛、石雷、手榴弹等武器的基础上逐步配备了5支手枪、30支步枪。逢集遇会便组织民兵整队示威、爆破演练，使炮楼里的敌人再也不敢轻举妄动。二、开展生产自救。办法是以工换粮。村民向国家交1斤布，付给10斤粮（包括3斤加工费）。没钱买棉花的户，就先从合作社领棉花，交布后再取加工费。当时，男女老少热情很高，能干的平均每天能纺1斤多线，这样就能领到1斤多米，掺和点糠菜，日子也就过去了。据统计，从1942年秋到1943年秋，全区群众共收入60多万斤粮食，他们在顺利度过灾荒的同时，也解决了抗日队伍的穿衣用布问题。另外，区政府还组织村与村、人与人之间的互助互济，动员收成较好的村子，借粮给灾荒严重的村子，同时组织群众摘野菜树叶，从敌占区背盐、运棉花供给根据地的军民，再从山西运回粮食和山货。

快刀斩乱麻，两把利剑出手，便救民于水火，老百姓奔走相告地说，要不是来了共产党，来了贺区长，还不定死多少人呢！

1943年秋，刚刚恢复元气的全区十几个村子在抗日政府的动员帮助下，种上了小麦，山上山下，坡头坡垴，全被绿色覆盖。山里人脸上刚刚溢出笑容，没想到一场蝗灾又席卷过来。灾难简直惊心动魄，那是不可想象的一幅惨景，令许多年后回忆此事的老人们仍然心有余悸。现存的《武安县志》这样描述：蝗虫"初从东南来，遮天蔽日，声响数里，麦子青草被吃光，树枝被压折"。

突然之间的蝗灾，又一次让小小生民陷入了绝望，束手无策的人群中顿时谣言四起，有人散布迷信说，蝗虫是天虫、神虫，招惹不得，若是灭蝗，会越灭越多。灵敏的政治嗅觉，让贺区长意识到问题的严重性，他立即组织召开群众大会，将散布谣言者作为典型，狠批重罚，教育群众破除迷信，齐心协力开展灭蝗斗争。

那时候盛行的政治口号很有一些高大上的意思，比如人人都会喊的"保卫胜利成果"，很有品位，很有文艺范儿，可继城人偏偏不这样喊，继城人喊出的全是上不得台面的锅台上的词儿："保卫咱的拽面！""保卫咱的干饭！"怎么这么俗啊，原来，全是跟着贺区长喊顺嘴儿的。这个贺区长，怎么满脑袋的农民意识？可真是个大老粗啊！不过，对待"胜利果实"这个新名词儿，老百姓总是囫囵吞枣，别说掰瓣，皮儿都懒得剥的，谁也别指望谁去好好消化去。因此，该贴墙上的还在墙上好好地待着，该丢在会场的过后就连影儿都找不到了。倒是那些个"拽面""干饭"之类的，他们捍卫起来非常忠实。

灭蝗，持续了一个多月，继城人死心塌地地跟着贺区长利用挖沟、轰赶、烧死、捕打等连锁性方法，最终保住了碗里的拽面和干饭。

一个多月，继城人目睹了这个穿着破衣烂衫的年轻共产党人没有吃过一顿热乎饭，没有睡过一个安稳觉。他啃窝头，喝凉水，打着赤脚，急匆匆走遍了十几个村子的坡坡坎坎……

四、生产

家里的梧桐树长得快有一抱粗了，绿色的树叶子厚厚实实的，能遮住院子里的小半个天空。树上肥嘟嘟的紫桐花开了，谢了，一年又一年，紫茵茵铺满一地。枝头凋敝的时候，雨林奶奶会一边纳着鞋垫，一边想，如果有一只花喜鹊落在上面，一定会很好看。

儿子路生渐渐长大了，桐花落地的时候，他总会捡拾一些新鲜好看的落花送给寂寞的母亲。他愿意让妈妈一遍遍给他讲他小时候的那些事情。他问：我真的是六个月了还不会爬吗？我真的是差点死过三次吗？自打他懂事起，这个屋子里似乎就只有干活的母亲。母亲在屋里纺花织布，缝衣服做鞋，从来不闲着。她不串门，串门的人也很少进他家的屋子。屋子里除了一摞摞鞋子，就是一沓沓鞋垫，再也找不到好玩的东西。路生的经验中有好多好多的盲点，他隐约感觉到母亲是不开心的，只有说到他小时候的样子，母亲的脸上才会出现笑容。他很愿意让母亲开心，以他能够做到的各种方式，努力地，小心翼翼地。

孩子的懂事加深了雨林奶奶的内疚。路生学说话是从一岁半开始的。那时，她像所有的母亲一样，教他"爷爷""奶奶""爸爸""妈妈""大伯""大娘"的发音，从模糊到清晰，一直是顺顺当当的，她让路生在众人面前一次次演示，完全是一副陶醉其中的样子。学以致用，一个步骤都不能少。很快，路生就达到了应用指认的阶段，路生朝着那个戴着毡帽的老头叫爷爷，那老头就接一声哎，朝着那个顶着白手帕的老妇叫奶奶，那老妇也一声哎。叫谁，谁都高高兴兴一声哎。一喊，一接，路生笑得咯咯的，很幸福。就像他从高处往下跳，总有人伸手接着。那是一种闭着眼睛随便跳的任性享受。后来，任性着，享受着，就觉得不对劲了，他感觉在接着的手臂中，似乎少了一双伸出的手，便问，爸爸呢？问完就觉得有些害怕，就仿佛走着走着遇到了一处挡着秸秆的玄洞，那洞就硬生生横在眼前，他不知道里面有什么忌讳，所以顾不上多想，他只有一个本能，那就是——绕过去。再后来，遇到"爸爸"两个字路生就自顾省略了。无论雨林奶奶怎样诱导，他再也喊不出这个音节了。

雨林奶奶就像有了短处似的，自觉矮了一截。尤其是听到邻居们猜测回避的那些话头，心里就暗暗叫苦：我的人啊，你是出了意外了，还是不要我们娘俩了？好歹你得有个信儿啊。你得知道我们是咋熬过来的呀。

那年，一家人在山西辗转几个月之后，实在是找不到熟人可靠，他们便决定打道回府。此念一生，归心似箭，那种远漂他乡，渴盼故里的兴奋，多少抵消了一些重走老路的忧惧。回归时，大队伍有了细微的变化——一个壮劳力无缘无故地走了，只留下一个大累赘——雨林奶奶怀孕的身子一天比一天笨重。家家都是拖家带口的，谁又能顾得上她呢！她脚底的磨蹭，总是令大队伍走走停停，停一次公公咳嗽一次。最终，她公公不得不歉意地看着大家说：这孩子来得不是时候，这样吧，咱们暂且这样走着，是个带把的就该他留下，取名就叫路生，如果是个闺女，咱们不让她拖累咱们上路。

那天，走到半山，雨林奶奶觉得肚疼难忍，女眷们七嘴八舌地说，怕是要生了。千乡百里举目无亲，且不说按照老理儿没人敢收留即将临盆的女人，就是有那好心胆儿大的，也是空山难见人呢！幸好沿途不缺山洞，大家只好将她安顿进去。

坐月子忌冷、忌饿，可逃难途中哪有那么多讲究啊，山洞里虽然阴冷冰凉但毕竟可以挡风，亲戚们捡拾山里人没有拾尽的枯枝败叶作为燃料，用从老乡那里高价买来的小米，为她熬了一锅米汤。万事俱备，只待东风的时候，雨林奶奶怯生生地望着大家，心里充满了歉疚。她觉得，非常时期，每个人都归心似箭，连累大家受点累倒也罢了，关键是因她不合时宜的生产，不知要延误多久的行程。她盼着生儿子，因为她知道只有将这孩子生成了儿子，这孩子才有可能跟着她存活下来，她的这场罪算是不会白受。可转念又一想，生个女儿也罢，一了百了，遥遥无期的路程，倒也省得她累路了。

山窝里冷寂空洞的气息中夹进了人的复杂情绪，隐忧、焦虑、恐惧、兴奋、孤注一掷，空气撑涨得仿佛要失去张力。

"哇——"的一声男童的啼哭，将五月的黎明撕开一个缺口，哭声过后，一切都恢复到了原状。

怀孕、妊娠、生育，在噩梦般的离乱里雨林奶奶完成了一个女子到母亲的疼痛蜕变。

原来，脚下的万水千山却只是人世间一道盛宴，无常的世事把它赐给了一位多难的母亲，雨林奶奶赶赴了这道盛宴，她将那些个苦辣酸甜一遍遍咀嚼，无言无声地吞咽了所有的苦难。

如果这时再飞来一只花喜鹊，雨林奶奶还会喊得出声吗？

五、寻夫

大伯回来了！路生叫喊的时候，雨林奶奶正在院里的锤布石上锤鞋底子。看到大哥正掀堂屋的帘子，扔下棒槌就急慌慌往堂屋里赶。

在公公开口以前，郝家老大头也没回地说了一句：老二家的你先去给我烙张饼吧，饿坏了。

雨林奶奶愣了一下，站着没动。老大感觉出她有赌气的意思，便拉长了声调：是他，好着呢。

公公谁也没看，使劲咳了一声说：忙活去吧。

这声咳嗽是一道令，硬硬实实的，藏着不怒而威的尊严，具有一锤定音的作用。雨林奶奶噙住了泪，掀开了帘子，磨磨蹭蹭往厨房走去。

路生不知上哪儿玩去了，院子里静悄悄的。不远的堂屋里，传来老大隐隐绰绰的埋怨声：这倒好，这么多年他人影不见，扔下老老少少不管倒也罢了，还真的连祖上的姓都改了。你让他上学、上学，上学有嘛用？我见到他的时候，你知道他在干啥吗？正往地里挑大粪呢！你可没见他穿戴那样子，还不如个土农民呢！这是抬高了的不怕她听到的声音，或者说这就是一种有意让她听到的声音。

雨林奶奶掀帘子之前，曾抬高右臂用袖子又擦了擦眼睛，举起的烙饼高过了她的眉头，忽地扬起一阵葱花味儿。一碗挂面汤端在左手，她特意在碗里放了两个白胖胖的鸡蛋，她觉得，这是家里最好的饭了，她诚惶诚恐地以最高的礼遇表达着她对大哥的谢意与歉意。是的，有歉意。这歉意来自孤儿寡母对一个大家的方方面面的依附和拖累。郝家老大接过碗，只管埋头吃饭，并不多看雨林奶奶一眼。公公倒是温和地咳了一声说：得空我领路生去城里照张相吧。老二说想孩子，他爷俩还没见过面呢！公公的脸上有了难得的抑制不住的笑意。

雨林奶奶啊啊了两声，失神地站在原地。郝家老大把碗里的汤吸得哧溜哧溜响。

有关丈夫的消息，雨林奶奶能知道的也就是这么多了。前一段走娘家时，村人说他们那儿有个往解放区贩棉花的，在冀南看到当了官的郝桂峦了，说人是真真的，就是姓名不对号，没敢上去问。雨林奶奶急慌慌赶回来如此这般地将消息转告了公公。雨林奶奶原本是充满欣喜的，这欣喜有点意外，像空中久聚愁云后乍现的天光，不过，也真的很短暂。她欣喜的神情还没有收回，公公一阵疾风骤雨的抢白就将她刚刚豁然晴朗的心思淋得一塌糊涂了。

老二家的你怎么好了伤疤就忘了疼啊，你这听风是雨的毛病啥时候才能改改？

两年前，外村有个经常跑外的贩子说郝桂峦在山西，他见到过，他经常跑山西，可以代为寻找，只是需要一些路程的费用，雨林奶奶就慌忙从娘家凑了一笔钱，交给那人，结果那人再也没有露面，连人带钱不知去向，后来才知道那就是个骗子。幸亏那钱是娘家的，要不怎么对这个大家交代啊。可眼前偏偏就又遇到这样的事了，如果是真的，怎么办？得宁可信其有啊，此刻，她比任何时候都痛恨自己的一双小脚。

这事就这么貌似平静地搁下一段时间，雨林奶奶不敢再提起，只是终日嘀咕，世界这么大还真有长得一模一样的？说过来说过去说得多了，公公终于动了再次寻找的心思，不过，这次自然没有托人，备好了盘缠安排老大亲自去找。还好，是他。

雨林奶奶鼻子酸酸地想，是他就好。他好就好。

路生天天惦记着上城里照相的事。

那天，路生被祖父领着走进一个他未曾见过的世界里。街上的店铺真多，小贩真多，来来往往的人真多，路生不明白他们不去种地，挤在街上忙些什么。祖父牵着他的手一步一步踏上了几层石阶，就来到了一家照相馆里。路生感觉到屋子里很暗，是不开天窗的那种暗，进去后他适应了一会儿，终于看得清墙上贴着的布景，上面有柳条、有亭子、有流水，他不知道那是干什么的。那个干巴瘦的照相师一次次将他在布景前摆来摆去，折腾够了，便让他瞪大眼睛看前面的大黑匣子，嘱咐不能动，不能眨眼，他使劲瞪大眼睛，不知道哪一刻才应该眨眼，他觉得眼很酸，就在师傅拿着手里的东西咔嚓一响时，他下意识闭了一次眼。师傅说，不行不行，眨眼了，睡觉的样子很难看的。重来。

路生这次使劲闭了一下眼睛，然后睁大，盯着照相师的手暗暗较劲。很争气，好了。干巴瘦开了一个条子给了祖父，说兵荒马乱的现在照相的人很少，得等胶卷用完了才能往外取，说两个月之后吧，到时候记着来拿。路生不知道两个月到底有多长，可他知道再来就可以拿到照片了。

至于中午吃了什么，路生已经想不起来了。路生只记得回来时已是午后，他一边拽着爷爷的衣角，一边问：照片上会有什么啊？爷爷说，该有的都会有，柳树啊、亭子啊、水啊，但是这些不重要，重要的是上面有路生啊，更重要的是爸爸看了照片就知道路生长什么样了。路生说，路生这么重要啊，如果该有的都有，就是没有路生怎么办嘛。祖父说，那咱们就一直照。

两个月的时间终于到了，大伯要去赶集，祖父嘱咐他顺便去取路生的照片。大伯回来了，还正是应验了路生的那个担心，照片上没有路生。不过，那些个应该有的东西也统统一样没有，照片压根儿就是白板一张——曝光了。

路生哭了。母亲一边抚摩着他的脑袋，一边惋惜着：怎么会这样？怎么会这样？她不知在问谁，她知道那张照片太重要了，对他，对她，对儿子。

那就再照吧。

祖父说，等闲了我再带你去补一张。

夏天快来了，祖父忙着地里的活，再也不提照相的事情。路生就去问母亲，爷爷啥时候进城啊。雨林奶奶安慰道：不慌嘛，迟早会去照的，照相馆等着路生呢。雨林奶奶一次次憧憬着，不知是在劝路生还是劝自己，等着吧，你爸爸会看到你的照片，以后还会看到你本人……兜在睫毛里的泪珠，在眼眶里打转，转着，一个不小心就在下端的丛林里找到一处决口，大滴大滴溅落下来，腮上、下巴上满是，滴在了手上，顺着指缝悄悄渗在了路生的头上……

照相的事就此搁置下来。

六、哭灵

距贺进村东南十多里的地方，有一个叫作东梁庄的村子。村子近乎被埋在野岭土岗之中，西北有坛山，南面有南山，西面的山叫爱峪垴。山下沟壑成河，乱石遍野。地贫土薄养活不了那么多人，大多数村里人便做起了张罗、补锅的行当，有的常年在外，担挑箱箧，周游于冀、晋、陕、甘之地，有的甚至走至新疆，村子里成分非常复杂。

1944年10月11日凌晨，天还未亮，此时，正是山民们贪恋枕席睡回笼觉的时候，忽然，远处响起了一片激烈的枪声，被惊醒的人们谁都不知道外面发生了什么事，家家户户都提心吊胆起来。天亮之后，从东梁庄传来噩耗，昨天傍晚，贺进区长和乡助理员赵湘到东梁庄开会，安排秋种藏粮之事，不幸被炮楼里的日伪军包围，两人同时牺牲。据说当时的贺区长非常勇敢，在子弹打光的情况下，把手枪拆坏，搬起石头砸向敌人。

噩耗传回继城，山山岭岭都沉浸在悲伤之中。乡亲们家家哭诉着他的好，说这个年轻的共产党人从来不搞特殊，脚步走遍千家万户，和村民们同甘共苦；说吃派饭时总会把老乡做给他的小灶让给老人、孩子，自己和老乡一起吃糠咽菜；说他勇敢地带领着他们发展武装，救灾创收；说他自任校长兴办教育，为他们培养子孙。人们牢记着他那句家喻户晓的口号："保卫咱的干饭！保卫咱的拽面！"看着干饭在碗，拽面在碗，想着那个举着拳头捍卫它们的年轻人却突然不在了，这个悲伤的日子，谁家还能举得动手中的饭碗呢？

当天下午，继城区召开全民大会时，台上台下悲声一片。追悼词中，李县长读到烈士生平，继城人才知道，原来这个贺进不是土生土长的本地山里人，他的家在正定，有着父母妻儿，贺进的名字是个化名，他的真名叫郝桂峦。

数月之后，武安政府历经周折派人送回了郝桂峦的灵柩，同时送达的还有厚厚一叠挽幛，那是山里乡亲们的情义。

一切都来得那么突然，雨林奶奶怎么也反应不过来，那个壮壮实实，刚刚有些音信的可爱书生，会以这样的方式与她相见。

那个梦了千百次，盼了千百次，背着行李挥手告别的英俊少年变成了一具棺木！

雨林奶奶放开悲声，哭到晕厥。

灵柩停放在后院一间存放农具的屋子里。棺木是黑色的，没有描龙画凤，八路军不信这个。棺木前面放着一张桌子，桌子上点着一盏麻油灯。地上铺着一层干草，那是女眷们哭灵的地方。灵柩在家放了三天，雨林奶奶在干草上跪了三天，哭了三天，她先哭丈夫，哭他离家在外受苦受罪，最终惨死他乡，连一句话都没有留下。她的心疼啊，一寸一寸地替他疼。她后哭自己，哭自己一天一天苦等五年，等了个来日无靠，这孤儿寡母的日子怎么往下熬。最后她哭："我可怜的儿啊……"

哭到儿子的时候她才意识到路生似乎始终没有离开那具棺木，在大家混乱的哭声里，他一直独自围着棺木转来转去，而且试图扒着棺材缝往里看。是的，她没有看到他掉一滴泪。她实在不能容忍这个平时懂事的孩子这时候不但不哭，还要好奇地看稀罕。

"路生！"那一声绝望痛彻肺腑，撕心裂肺！

路生惊呆了，一向慈祥的母亲从来没有以这样的口吻呵斥过他。这个腰扎白布的5岁男童一边瞪着惊恐的眼睛，一边向后退着说："我想看看他长啥样。"看到这个从未见过父亲的孤儿如此渴念父亲，一阵钻心的疼痛又一次穿过她的五脏六腑，化作啼血的悲声——他至死都没有来得及看到儿子的照片，更不要说儿子本人！在场的人跟着流下泪来，谁都知道，这一对此生还未来得及相见的父子，将永生错过相见的机会。命啊，命！

生没能见人，死也不能够见尸，一口棺木就将一家人隔断在阴阳两界。

下葬的那天阳光格外明媚，天也响晴响晴的，透着珍贵的嘹亮。黄土一锨锨落下，一点点没了棺木，没了那个朝思暮想的人。哭了整整三天，雨林奶奶已经不知道怎么来哭了。她觉得无论再怎么哭都是一种徒劳，便将徒劳的形式省略了。她明白世上再隆重的葬礼也都是一种结束，结束之后剩下的，便只是当事者在人世间的各种了断了。

盖棺之时，沉默了几天的公公突然觉得有话要说，也许他觉得有必要当着亲戚朋友给牺牲的儿子做一个郑重的定论，他说："老二没给咱郝家丢人。"他用郝家老大带回来的讯息做证明，"他的化名叫贺进，那边人念他的好，把村名都改成他的名字了"。

雨林奶奶心头猛然一热：他还活着。

七、相望

三个年头之后，家里家外的人便试探着劝她往外走上一步，毕竟年轻，以后日子还长呢。

雨林奶奶想都不想就拒绝了，她说，她要替他守着儿子，她忘不了逃难路上那个有力的臂膀，深信那个臂膀能支撑她养大孩子，走完一生。

她养鸡，把鸡蛋一个个攒起来，攒够几斤就拉着儿子到集上去卖。她做鞋子，卖鞋子；纳鞋垫，卖鞋垫。天无绝人之路，她有一手好活儿呢。

土改了，家里的好房子归公了，他们租住在低矮的房子里。

路生早就到了上学的年纪，不断增加的开销使越来越拮据的家庭更加捉襟见肘。家贫百事哀，公公说，老二家的，你还是走吧，我年纪大了，家里指着你哥一个人，我都成累赘了，人家还有俩儿子要养呢，顾不到你们了。

家道的低落、看不到尽头的拖累，让原本仗义的大哥，渐渐变得厌烦和乖戾，他的脸色越来越不好看了。雨林奶奶明知处境越来越尴尬，平时也只是敛声屏息。听得公公明着说出往外撵人的话，就说了一句："他爹人不在了，名字不还在吗？路生可是郝家的根苗啊。"旁边的大哥暴怒了："好啊，你带上他的儿子找他的名字过去吧。"大哥的两个指头狠狠地戳着武安的方向。

公公又咳了起来，这次是连续不断地咳，不住气地咳，他不能停下

184

来，停下来就无法配合手边的动作，他咳嗽着递过来一只篮子，还好，没有忘记往篮子里放上一只碗。一手捂着嘴咳，一手不停地向外扬着。连路生都知道，那是一个驱赶的动作。

雨林奶奶一言未发，扰起篮子，拉起路生就头也不回地离开了家门。出门时只说了一句话："儿啊，记住好好读书吧。"

也许是基因的作用，路生的书读得还真是不错。不过，每次在家背书的时候，他都是遵照母亲的教诲，始终面朝着武安的方向。久而久之，不仅是雨林奶奶，连路生都觉出那边有双眼睛在盯着。

雨林奶奶当然不能够闲下来，白天的时候不停地为鸡、鸭、鹅、猪到处寻找食物，到了晚上，总是就着油灯不停地纺花、织布、做针线。伴着母亲沉重的劳作，路生读完了小学、中学、大学，然后娶回了漂亮的大学同学，生下了雨林。这些年下来，雨林奶奶自己最大的收获就是称谓的晋级，由老二家、路生娘，变成了雨林她奶奶。

过了几年，在乡下看孙女的雨林奶奶，突然捎信给在灵寿教书的儿子儿媳说："接孩子来吧，看不动了。"

儿子儿媳接女儿的同时，一并把病了的雨林奶奶接了过去。54岁的她，得的是妇科中要命的崩漏之疾。那时的人还不大兴住院，医生开了药让在家里打针。买上药，让校医打过几次之后，雨林奶奶便再也不肯麻烦任何人，为此，路生成了母亲的专职医生。他买了特效的青霉素为母亲打了半个多月，母亲总是说好了，好了。他却看到，在针剂作用下，母亲的脸色变黑发乌，喘气困难，送到医院一看，天啊，原来是青霉素过敏。他做了半个月医生，竟然不知道青霉素是要做皮试的。

其实，雨林奶奶患的是子宫癌，病根就是当年在山洞生产时坐下的。

当雨林奶奶病入膏肓，将要咽气的时候，她嘱咐儿子说："娘守不了你了，到武安找你爹去吧。"

路生后来真的遵照母训拖家带口调到了武安。他本来打了报告要继承父志服务于贺进中学的，结果被情深义重的武安领导很坚决地拦了下来，他们说，山里的条件太差，说破天我们也不能让贺区长的后人到那儿去受苦。后来，他们夫妻被强留在条件尚好的武安中学教书。

好多年之后，路生发现，烈士父亲在母亲和他的心目中，已经不仅仅是实际意义上的亲人，他更是一种信仰的符号、一种精神的图腾。他还说，从小到大，母亲给了他无数的关爱，只是从来没见母亲笑过。他知道，那是因为苦水太浓稠了，母亲也太疲惫了，笑不动了。

八、迁葬

2016年春天，一个阳光好得不能再好的日子，作为雨林一家的亲朋好友，我参加了烈士贺进遗骨的回迁仪式。灵车从县城行至贺进村20公里路程，每个站口的交警都以标准的姿势敬礼致意，当灵车开到南太行东麓那座西山脚下时，一群花喜鹊腾空而起，四散飞去，它们飞翔的姿势像极了当空开放的礼花。

西山上的陵园渐渐近了，出现在道路两旁的是几百名手执白菊花的男人、女人、老人和孩子。人群里不知谁赫然拉出一条醒目的标语，上书：英雄，我们迎接你回家！

路生的身后走着雨林，她静静地抱着匣子里的奶奶走在一柄黑色的伞下。这里的人们谁也不知道匣子里安放的是一颗极有耐心的灵魂，耐心到每一天都在安静中朝着这个方向细数着时光，活数了32年，死数了45年，直到此时此刻终于与梦重合，完成了俗世凡间一场完满的花好月圆。

将她牵到这里的是前面的那个男人，那男人此刻就在路生的怀里。路生，作为一个儿子怀抱着自己的父亲，作为一个父亲他一直走在雨林的前头。耄耋之年的他哆哆嗦嗦走得很累，不过，他知道他是走在一场严肃的仪式里，这场走，谁都无法代替，就像他走过的80年无可代替的忧伤时光，80年，他看到时间的尘土一叠又一叠压弯了一个女人沧桑的记忆，而那个男人，那个和母亲一样化作骨灰的男人，早已与前面山下的村庄融合在一起，至今，他已经分不清母亲到底爱的是谁了。

哀乐在春风中左冲右突，荡来荡去。森森的松柏中，活在这里的人和死在这里的人都在深情默念着那个男人的名字——贺进。那名字随着村庄而生动，而不朽，而她，那个被唤作雨林奶奶的女人，却犹如一抹淡淡的影子，静悄悄地隐在了他的身后。

在遥遥无期的岁月中，雨林奶奶一直在忙碌着，忙碌着思念，也忙碌着等待。茫茫人海中，她熬啊熬啊，慢慢把自己也浇筑成了偶像，引得了乡民的瞩目。夜深人静，当她在喘息的片刻中偶尔停留，不知她是否自觉或不自觉地想到过她此生生存或坚守的意义。在历史的茫茫云烟中，有着太多先她而行的范例，或许她的行为只是一种纯粹而简单的模仿，是某种框架中既定范式的忠实遵守，但这只发乎于她的性情和品行。这个大字不识的农家女人，没想过矫情地创作任何故事给乡民咀嚼，她只是默默躲在一个叫作西庄屯的村子里，与太行山南端这个叫作贺进的地方遥遥相望，最终却走进了一个英雄故事的余味绵长里，也走进了传统中国精神世界一道隐密的纹络中。

孙女雨林与奶奶曾有过一次对话：

一辈子，你怨恨过我爷爷吗？

他是舍小家，为大家，我咋怨他啊。

爷爷爱你吗？

傻孩子，我不是大家中的一个嘛。

春日的阳光下，我脑海里凭空跳出了曾经读过的几句诗：我永恒的灵魂注视着你的心，纵使黑夜孤寂，白昼如焚……

无法接通

那天，很平常的一天，周围的一切与往日没有什么不同。连城市噪声都像设置好了似的，被灌制在散漫无边的容器里，没头没脑地往教室里挤。

站在讲台上的李丽娟仍旧像往常一样，心无旁骛地领着学生朗读课文，此时，她的心正徜徉在精妙美文搭建的海市蜃楼里，莲步轻移，一步一旖旎，正读得耳目怡然、唇齿留香，突然就感觉到了手机的震动。

这个意外的小动作，扯了扯她正亢奋着的美妙意识，就被她不理不睬地挡了回去。不理睬的原因只有一个：学校严禁教师上课接打手机。

她以一个好教师的习惯继续了这场美妙的朗读。

口袋里的振动一直持续，李丽娟连看都不看，伸手就摸到了拒绝接听的键，轻轻地，但是果断地摁了一下。

手机一点也不在乎她的不理睬，像一个故意缠磨人的孩子撒着娇，一次次发动攻势，抓挠她专心致志的神经，鬼祟而固执。李丽娟有点绷不住了，坚持到学生们自由朗读的那个空当，她扭过身，迅速掏出来瞄了一眼，是一个陌生号，归属地不属于这个城市，是她千里之外的老家。

会是谁呢？什么事呢？

李丽娟瞟了一眼台下，见那些晃得让人眼晕的小脑袋正冲着课本煞有介事地抑扬顿挫着，早已忘记了她这个老师的存在，她便背过身，摁动了信息键：你是谁，发信息。

读书声一浪高过一浪之后，渐渐平缓，渐渐稀落，最后拖延成一线怯生生的尾巴尖儿。

"停！"李丽娟适时地切断了那一线拖沓，若无其事地过渡到下一个环节，又一个环节。

直到下课铃响起，李丽娟等待的信息也没有出现，她将静音恢复为正常。

应该是个错打的电话吧。李丽娟边走边把这个不算事件的事件丢在了楼道里。回到办公室的时候，她已经彻底忘记了这个电话。

办公室的老师们谁都可以作证，李丽娟平时不善交际，不爱入伙。女儿在外地读书，整天忙的是学习，爱人随着一家流动桥梁公司在国外施工，不用每天告知回家的早晚，一般没什么实际意义的事，两个人谁都不会打电话给她。整天整月，家里晃来晃去的，除了她只有自己的影子。而父母兄妹同学朋友都在老家，太远了，平时没有那么多值得闲聊的话题，有事就选择她在家的钟点直接打家里座机了。

没有手机，李丽娟并没有觉得有什么不便。而买手机，纯粹是老公对她的一片心意。

前些日子，李丽娟很辛苦地东购西买，为出远门的老公准备行装，老公突然间来了兴致："别人都有手机，你也应该有个手机。"

李丽娟忙活着并不在意，还没有决定是要还是不要，老公就把手机给买来了。诺基亚的，薄薄的、很袖珍的那种。这让李丽娟心头热了一下。她拿在手里，觉得很新鲜，就找出本上记着的几个手机号试着拨了过去，没说什么话，就是告诉人家这是她的手机号。高中同学大丽在那头嚷嚷着："好啊，这下找你就好找了。"

老公走后，李丽娟用手机接过老公几个电话。后来，她也试着往回打，可能是野外信号不好吧，一般情况下总是无法接通。

这样，手机对李丽娟来说，基本上就成了摆设，她对周围各种花样的手机铃声，向来也提不起兴趣。

放学铃响过，李丽娟送走学生，便急急忙忙赶着回家，正走着，手提袋里冷不丁冒出叮咚一声，她意识到是短讯来了，掏出来看，竟是一堆客气话，不知什么意思。正要往回放，又是一声叮咚，她才明白，这信息其实是一个，话长得一次发不完，不得不截成若干段落连续发。李丽娟觉得往下看也是半截子话，不如等着对方发完再看，就索性将手机放回到手提袋里。没想到手提袋几步一叮咚，直直伴了她一路，手机闹出的动静，让李丽娟孤寂枯瘦的身影，多了琳琅的配饰，也使李丽娟简单平静的行走滑稽得如同打嗝，这情景给45岁的李丽娟多少添了一些堵。

吃过饭洗过碗，李丽娟才想到翻看短信。费劲巴巴地看下来才知道，对方是25年没见一面的高中同学。这同学李丽娟还能想得起，想得起的原因有两个：一是这同学成绩不好一直坐最后一排，二是参加工作后有人给她俩牵过红线。

这个同学叫王一平，平常的平，平庸的平。当年，当着介绍人的面，李丽娟就这样对着母亲强调，以此来发泄她对介绍人乱点鸳鸯谱的不满。她还记得善良的母亲急忙打着圆场：平顺的平吧，平安的平吧。不管是哪个平，终究不会有什么结果。李丽娟是谁啊，班长，班花，写一手好字，画一手好画，是多少优秀生梦中的仙女呢。不知身处尴尬的介绍人当时怎样给人家回的话，要不是今天的信息提示，她连想都懒得想起这些事情了。

短信说，他辗转从同学大丽处找到了她的电话号码。李丽娟心想，他还真好意思。

短信说，从来不发信息的他两小时前刚刚学会发信息。李丽娟心想，以他这人的笨劲儿，说的还真可能是实话。

短信说，他从小就崇拜她，现在依然崇拜她。李丽娟笑了，心想到这个年龄，还来这句过时的吹捧，不过，也还真能划拉一把自己早已干瘪的那份虚荣。

短信说，他刚刚调到她们乡当乡长，特别需要她的帮助。"乡长"两个字在李丽娟眼前一跳，便出类拔萃地压下了她刚才林林总总暗流涌动的所有鄙夷。

"乡长"在农村人眼里是个不小的父母官呢！李丽娟脑子转了几转，怎么都不能拿当年那个差生与之拼贴。

李丽娟长相俊美，成绩优秀，从小学到高中一溜儿顺风顺水地拔着尖儿。上高三那年，班里来了几个插班生，这些人一般都是没有考到理想学校的优秀生。由于是复读，其中的佼佼者与李丽娟还真有一拼，李丽娟再也不能轻轻松松拿第一了。每天便不再闻窗外事，一心向学，使那些插班生都对这个小女生心怀仰慕。其中也包括学习不怎么样的王一平。

比起应届生，王一平不算太差，但插班生里面他最差。个子又高，坐最后一排，差生的形象就十分的鲜明。

班里的人本来就多，加上插班生就更多。人多作业多，每天都是厚厚的一摞，有时候老师忙不过来，就只挑选优良生的重点批改，剩下的就让李丽娟和其他优秀生帮忙解决。

隔三岔五，李丽娟经常能改到王一平的作业。李丽娟是一个认真仔细的人，在任何事情上，都喜欢追求完美。她发现，与其他差生不同的是，王一平写字一丝不苟，作业纸非常干净，只是错题太多。错的类型也不一样。联想起他专心听课，总趴在桌子上苦苦学习的样子，李丽娟往往自作主张地在他的错题处，用红钢笔标注一些词语提示思路。这是其他阅卷人都做不到的，包括老师在内。

关注是关注，李丽娟的多此一举只是出于一种追求完美的习惯，也许还有些许的对弱者的善意体恤。情感问题上，李丽娟从来不多想，甚至连那些爱慕她的优秀生她都不往心里放。她是个规规矩矩、尊崇正统价值观的安分的人，以致正统到连后来的婚姻都是家里做主的。

李丽娟老公和李丽娟是校友，同是青龙县中学的学生，却比李丽娟高出两届。也就是说，李丽娟进校门上高一，他就已经是高三的学生了。

那时候，高三已经进入冲刺阶段，每周一小考，每月一大考。每隔不久，总有一张大红纸很气派地贴在中厅，上面是高三理科八个班的前二十名排名。遥遥领先的，几乎都是一个人的名字。

李丽娟记住了这个名字：郭建。

郭建就是她现在的老公。

李丽娟七想八想就是倒着想也想不到王一平居然敢打她的主意，不但敢想，还敢做，竟不知轻重地差人到家里提亲。让人知道，这简直是天大的笑话。

闹过笑话之后，有关王一平的消息就中断了。后来，陆陆续续听到过一些只言片语，她知道王一平大概做过农民，当过兵，做过买卖，后来就什么也不知道了。

事隔 20 多年，早已物是人非，那些关系不错的同学也大都中断了联系，这个时候，这个从未有过丁点联系的王一平，怎么就想到了寻找千里之外的她呢？

她不知他这么做有什么意义，更不知一个堂堂的一乡之长要跟她这个中学教师学习些什么。

她以她所有的生活经验、认知经验，迅速猜想判断，末了归纳成一句话：无聊。

但出于礼貌，她没有将这句话回复过去。为了清理短信带来的不良情绪，她将所有的信息一并选择了删除，将收件箱收拾得干干净净。

第二天，李丽娟为全校教师做示范课，很成功，达到了预想的那种效果。当她惬意地靠在办公椅小憩的时候，顺手打开抽屉，看见手机里已经储存了几段信息。

还是王一平的。

他说，从小到大我一直很自卑，但我一直努力做最好的自己。走到今天我吃了很多别人不知道的苦，我知道自己仍没有能力让你高看我一眼，我什么都没有，只有真诚。这么多年我不敢走近你，一直远远地仰望着你。我不敢奢求别的，只想能像好多年前一样，永远做你幸福的学生。

李丽娟苦笑一下，心想，这辈子春蚕蜡烛的，已经做够了，不想再对谁去谆谆教诲。

当年，得知媒人介绍的是建筑学院毕业的郭建时，李丽娟想都没想，就贸然问了一句："是不是青龙中学的那个郭建？"问完自己倒吓了一跳，怎么马上联想到他了？

介绍人和母亲同时一愣，而后大喜，合计着就将这门亲事定了。

李丽娟尊崇母命，像一个信徒，义无反顾地跟着这个叫郭建的人，来到了千里之外的北方小城。

她仰视着这个思维敏捷、满口锦绣的设计师，像个顺从听话的学生一样听他聊天文说地理，觉得找到了这个世界的最爱。

这个优秀的桥梁设计师，自从造好这所城市最大的立交桥后，就开赴了外面的工地，后来，便很难再听到他意气风发的声音。

悄然的改变，让依然沉浸在夸夸其谈中的李丽娟有些不习惯，但她为人拘谨，也暗暗拿着劲，就是不去点破。时间久了渐渐就绷不住了，打了个颇有意味的电话过去："设计师啊，你把咱们之间都修成断桥了。"

设计师失去了幽默的兴趣，回答得简明扼要："太忙。"

几个"太忙"甩过来，让李丽娟懒得再拨他那一溜长长的号码。

王一平狂轰滥炸的短信，让李丽娟的手机恢复了应有的功能，夜深人静时，她常常不由自主地按动郭建的号码，按了几次，却总是"无法接通"。

手机的启动，激活了李丽娟与人交流的欲望，于是，她试着给王一平通话，从那开始，便一发而不可收拾。

办公室的老师们发现，几乎每个课间，李丽娟一进办公室，第一个动作就是拉开抽屉，翻看手机信息，那动作好快，快得如应对一道娴熟的业务程序。起初只在座位上收收发发，其间还不时插话、答话，谈笑风生的。渐渐地，她开始脱离人群，在操场，在楼道，甚至在卫生间，飞快地摁动手机键。

李丽娟的变化超出了人们的想象，办公室的同事们来不及思索，见她收发信息，便知趣地避开。没有人说什么，只是几人在场时或盲目或心照不宣地彼此对视一下。

"五一"节学校放了几天假，近处的老师忙着旅游或休息，远处的老师，一般都会选择趁着节日回家。李丽娟家远，平时难得回家一趟，她也理所应当地回了一趟老家。

过节回来，当别人在一起唧唧喳喳交流假期感受的时候，李丽娟从未提及过回家的话头。不过，大家都看得出，短短的几天假期，就将她活泛成一条仿佛充过氧气的鱼，热情奔放，精神焕发地游弋于人群，游弋于网上，活泼泼的。

每天放学她不再着急回家，铃声一响，她就会离开座位，用食指指向电脑开关。等到百度页面出现，她会敲击一些词语。

学校每个办公室都有一台电脑。平时，大家找个资料，下载个图片，用的不多。倒是一些年轻人常常在上面购物，小电器啊，时尚服装啊，小饰品啊，拍定的时候大呼小叫的，惹得大家一起围观。李丽娟突然迷恋电脑，大家以为她也得了购物传染病。上前围观时才发现，她关注的是一些时政要闻，远到国际政事，近到民生问题。诸如招商安商、劳动力转移、就业兼业等新鲜词汇，大家看得无趣就一个个索然离去了。

李丽娟过去只是一条夹得紧紧的谨慎小溪，终日里沿着生活的河道孜孜不倦往前流，平静淡泊，与世无争。怎么一转眼的工夫，她就突然变成了一条浪花四溅的澎湃大河？

她的电话渐渐多起来了，举手投足多了一些大气。见她不再严肃拘谨，有人就试着开她的玩笑："李老师日理万机啊！"

她也不恼："我的同学做乡长，都是托我找他办事的。"会说的，赶不上会听的。老家离这千里远，人家为什么这么舍近求远托她呢？谁也不便再往下问。

日子最能打磨人的性情，应该的不应该的，时间久了，就全都成自然了。人们已经习惯了大江大河的李丽娟，渐渐忘却了那条谨慎的溪流。时间一晃，就是一年。

农历腊月二十三，学校准时放了寒假，李丽娟一大早就盘算着买点什么年货回老家过年，她拿着纸笔，边想边记。其实买东西只是个形式，回去过年也只是个形式，重要的是她今年特别想回家，而且觉得回家的打算早就藏在心里了。回家干什么呢？说不清。直到昨天下午接到王一平盼她回去的电话，那份说不清才渐渐有了头绪。

李丽娟穿好了羽绒大衣，站在卫生间的镜子前一颗一颗系好了纽扣，就在她伸手取衣架上的长绒围巾的时候，听到了钥匙转动门锁的声音，她吃惊地停下了手。哗啦啦，那声音极度地果敢、迅速，充满进攻的火药味。门开了，从屋外闪进了分别一年的风尘仆仆的郭建。

郭建满脸狐疑地看着愣在那里的她，仿佛走错门似的环视了家里一圈，然后，扔下包，一屁股坐在沙发上，点起了一支烟。

李丽娟回过神来，急急忙忙脱掉大衣，说了句："我去给你做饭。"就想拐进厨房。郭建淡淡地说了一句"吃过了"，又把李丽娟僵在了那里。

　　李丽娟走过去收拾地上的包，郭建说："先别动，有事问你。"李丽娟拍了拍手，紧挨着他坐了下来，捏着喉咙轻咳几声："你怎么学会了抽烟？"伸手想帮着他掐灭烟头，刚抬手，就被那个有力的胳膊肘挡了一下："你黑天白夜地一直给谁打电话，电话怎么总占线？"

　　李丽娟有点心虚，一年了，她已经形成了单身的心态，几乎忘记了这个设计师的存在。如今真实地坐在他的身边，听到他的埋怨，才渐渐生出些角色回归的心理，这种心理一出现，她意识到自己在电话的事情上，做法确实有点欠妥。但她从没想到过对谁隐瞒，她把说给同事的话，一字不差地说给他，以为就完事了。可老公不是同事，老公不但要知道是什么，老公还要知道为什么。

　　李丽娟明白，老公提的问题并不刁钻，作为丈夫，他常年在外奔波，对守巢妻子的可疑行踪有知晓权。而自己作为妻子，有义务对丈夫坦诚相待。

　　她想回答，便张了张嘴，以为一张嘴答案就能自然蹦出来，可这一次自己的嘴却死活不给面子，张了半天居然吐不出一个字。至此她才明白，事情已经说不清了。

　　就在这个时候，她的手机又响了，她猜想是王一平打来的，就主动关了一下，想提示对方，不便接听，没想到又打过来了，她觉得接不是，不接也不是，干脆就将手机关了。老公洞察秋毫般地盯着她，不言不语欣赏起她的尴尬。

　　一会儿，家里的座机响了起来，郭建冷笑着拿起了话筒。

　　李丽娟的心提到了嗓子眼。

　　听筒里传来女人的声音，是大丽的声音，说让李丽娟听电话。李丽娟松了口气，接过了听筒。

一听电话内容，李丽娟刚刚放下去的心几乎要蹦出来。

王一平昨晚遭遇了车祸，正在医院抢救。全班同学都到了，目前只缺李丽娟。

李丽娟的脸煞白煞白。

这个突然的电话，使李丽娟又茫然地跳进了另一个角色。她穿大衣，掂包，一边急匆匆往外走，一边对还等在那里听解释的郭建说："有急事，回来解释。"

郭建一把扯下那条羊绒围巾赶上去气哼哼地搡给了她："你就别回来了！"

李丽娟赶到火车站，票早卖光了，正打算包个面的往千里之外的老家赶，碰上了一个退票的，站票。

一个小时后，李丽娟挤上了南行的火车。

车上太挤了，起先她站在两个车厢的接口处，被夹在一群陌生的男人中间拥来拥去，周围环绕着令人不安的暧昧气息。她想冲出去，但是找不到边界。

她发现，这人群简直就是一片不规则的板块，将她牢牢地焊接起来。每个站着的人，似乎都有一双扎了根的脚，每双脚都死死坚守着自己的阵地。

李丽娟觉得这种缺乏安全的被淹没感似曾相识，却记不起在哪儿见过，想了半天，才记起自己有好多次就是被这种感觉憋醒的。

随着一拨拨旅客上车下车，李丽娟终于挤到了车厢的过道。这里光线明亮，她躬下身，紧抓住座位靠背，就能看到外面的世界。

车窗外的参照物飞驰而过，城市远了，村庄远了，只有掉光叶子的树木跟着火车奔跑，一株一株的。稍加注意，就能看到枝丫间树木仅存的硕果，黑黑的一团，悬挂在寒风中，孤零零的。李丽娟知道，那是鸟的家。

他会等着我吗？李丽娟的意识很乱，不知道此刻应该想些什么。

他说过，她太优秀，但挡不住自己喜欢她，他拼命地学啊，学啊，一直想赶上她，但无论怎样用功成绩都是那么差。差距越大，就越是仰望她。他说，后来他明白，成功的路不只一条，他尝试过好多条，就这么不停地奋斗，他所有的奋斗就是为了能赶上她。

"五一"假期，他曾以他的热情深切呼唤她：你来吧，检阅我所做的一切，哪怕回来看上一眼，也是对我的安慰。

她无法拒绝这样的热情，第一次背对婚姻千里迢迢去赶赴一个男人之约。

他从知道她上了火车的那一刻起，就开车等在了车站。五个小时后用车载着她观光他辖管的林区、鱼塘、生态农业园，一路上，那个关于差生的记忆渐渐被所到之处的一张张笑脸所替代。她用几分压抑的艳羡分享了他的成功。

他在市内最豪华的饭店为她订了餐，缠绵的音乐，蕾丝的纱帘，翠竹、假山、喷泉，很是浪漫。一张仿古的大圆桌，隔着他和她。守着一大桌她从未见过的佳肴，他痴痴地看着她一点点品尝。她说真好吃，他说真幸福。

他说他一生最大的幸福就是能这样陪着她、看着她静静地吃饭，为了这一点，他什么都舍得下。

她说，人有喜好，更有责任。责任是底线。

他苦笑着说，生命不息，奋斗不止吧。

很晚了，他开车送她回家。下车时，他为她打开了车门。她唯一的动作是径直走向了家门。他站在远处的夜色里一直定定地看着她，她轻轻地敲门，门开了，门又关上了。

回程的时候他打电话说要送她，她说家里有人送。他知道她几点的车，天色微明就将车停在她家的路口。她一眼认出了那是他的车，偏偏不理，跟着家里人头也不回地往前走，他的车就在她的冷落中慢慢护送着她往前行。

进站、排队、票检，告别了家里人，她来到站台等车。想着车一来她就上车睡觉，轻轻松松地结束这次行程，让生活重回原来的轨道。

远远地，他挥着手疾步走了过来，手里提着各种小吃，说人太多，不放心就买了站台票，看看车上挤不挤，太挤，就开车送她回去。

车来了，他一手拖着她的行李箱，一手拽着她的手，把她送上车，把箱子放到了行李架上，摊开小吃说："坐好几个小时的车呢，一个人待着太寂寞。没人说话时就吃东西吧，把嘴占住就不寂寞了。"

她催他回去，他不走，一直站在车窗外。她半开玩笑地说："还有什么要嘱咐的？"

他涨红着脸，痴痴地望着她，一句话也说不出来。车开了，他跟着火车往前走，一边走，一边朝她挥着手，她也举起了手，想说一声回去吧，忽觉得有泪哽在了咽喉。她不敢朝窗外再多看一眼。当火车把那个孤独的影子甩到后面，她才用双手搓了一把脸，趁机把泪水压了回去。

坐在对面的女孩子怯怯地望了她一眼。她迅速恢复了常态。

她这才注意到，对面坐着一对恋人，男孩子拢着女孩子的肩，那女孩子的双手踏踏实实地放在男孩子的手里。看着这个场面李丽娟心里暖暖的，湿湿的，恍惚间，竟有了一种被人抚摩的感觉。

那一路，整整五个小时的行程，李丽娟没有丝毫的睡意，一直心情很好地望着窗外。她没有觉出是自己一个人在单独行走，她觉得他就在窗外，一直陪了她一路。

而此刻，她只想给大丽打个电话，问问他的病情，她坚信他会等她。

车上太拥挤，打了几次都不成功，手仿佛不是自己的，总是摁不到键上。情急之中，她索性将手机高高举过头顶，这一次，她对准每个标号准确地摁了下去，音乐响了，是钝钝的木琴声，实实的，厚厚的，带着沉重而抒情的感伤。

接电话的不是大丽，听不清是谁，不是对她说话，而是朝旁边喊着：一平，电话，一平，丽娟的电话……里面乱哄哄的，好像有人喊：动了，动了，他听见了，一平听见了……接下去是一团欣喜的声音：一平，接电话，接电话……接着就是一串盲音……

天啊，断线！

她伸出食指按了重拨，一个个数字又一次清清楚楚跳了出来，她猛然醒悟，这是王一平的号。

她要唤醒他，她要与他通话。她多想听到他的声音，马上听到他的声音！

传过来的是乱哄哄一片号啕哭声。

她的脑子一片空白。

车到站的时候，她下意识地想到了那个熟悉的号码，看了一下手机，15：00，才意识到她又鬼使神差地坐上了第一次回家的那趟车，赶得还是那个点。她定了定神，摁了大丽的电话，回答她的是一阵没有语言的哭泣，似梦似幻，仿佛是谁设置的一段哀乐。

李丽娟好像被抽空了，身子轻飘飘的，走路深一脚浅一脚，恍恍惚惚飘下了车，看了一眼天空，晴湛湛的。看了一眼人流，眼前一片攒动——车站人山人海，竟然鸦雀无声，静得可怕。

忽地一阵风刮来，在她的脚前犹犹豫豫地旋着圈儿，又依依不舍地离去了，她停下来，追着那风向看过去，仿佛看到人群中有他的笑脸，一晃，就不见了。

当天晚上，《新闻联播》之后，青龙县电视台插播了一条新闻：腊月二十二日晚，龙山乡乡长王一平在慰问孤寡老人的途中遭遇车祸，以身殉职。

王一平的遗体送到了青龙县殡仪馆，发丧三天，全班同学轮流守灵，李丽娟却整整守了三天。三天里，天天有人自发地赶来吊唁，花圈、花篮堆满了屋里屋外，人来人往形成青龙县历史上罕见的奇观。

这几天，心力交瘁的李丽娟一滴眼泪也没掉，心里一直翻腾着那个深切的呼唤：你来吧，检阅我所做的一切，哪怕回来看上一眼，也算是对我的安慰。

络绎不绝的人流中，每个人自然知道自己为什么来吊唁，可谁也不知道为什么会有这么多人来吊唁，这一点，只有李丽娟知道。

教师、学生们来了。那是因为王乡长为全乡十所学校安装了电脑。

搞运输的个体户们来了。那是因为王乡长组织村民修通了村村通的柏油路。

在外读书的莘莘学子来了。那是因为王乡长设立了大学生、研究生奖励基金会。

面朝黄土的种田人来了。那是因为王乡长实行了全乡农耕、灌溉、收割免费服务。

开发商、承包商来了。那是因为王乡长实施了公开公正的招商、安商政策。

王乡长因为他的殉职，因为得到这么多人的怀念，美名得以传扬。青龙县委县政府发出了向人民的好公仆王一平学习的号召，宣传部还组织了王一平事迹演讲团。

电视台记者在对王一平生前好友进行采访时，同学大丽推荐说，李丽娟同学对王一平最了解，也对王一平的影响最大。

记者找到了李丽娟，李丽娟觉得有好多好多话要说，想了半天，只说了这么一句："他是一个不平常的人，不平庸的人。"

只有她心里明白，王一平依然是个平常的人，平庸的人。他对她说过，为了能让她看得起他，他的学历是掏钱买的，他的乡长也是掏钱买的。她对他爱的拒绝，多少年来一直是他奋斗不止的动力。他的所谓功绩，都是她教给他做的。

参加完葬礼，李丽娟独自踏上了火车，车上暖气充足，她却感到一阵阵发冷。坐下来，她习惯性地摸出了手机。手机沉默着，没有任何将要响动的意思，她看了一眼，情不自禁地按动了那个熟悉的号码……

无法接通！